MICHAEL K



# MESSI

## DREAMS PEQUEÑA

# / Nunca estarás solo
# / You'll never walk alone

# Sonntag

## 1

Es waren synchrone Bewegungen. Wie eine Choreographie. Jago beugte sich vor, drehte seinen Kopf in Richtung Fenster, und im selben Moment richtete sich Georg auf, lehnte sich leicht zurück und gab so den Blick frei.
Das Flugzeug neigte sich unmittelbar nach dem Start und sie konnten Eindhoven in allen Einzelheiten sehen. Wohnblocks, Bäume, Autos, auch Autobahnen und Einkaufszentren – alles gestochen scharf. Georg versuchte, ihre Straße und das Krankenhaus zu erkennen, doch plötzlich schob sich die Akademie in sein Sichtfeld. Der große Rasenplatz im Zentrum, der Wald drumherum, das Hauptgebäude mit der Restaurantterrasse. Man erkannte sogar die Netze der Tore. So als würde der Pilot diese Kurve absichtlich fliegen. Als wüsste er, wer in seinem Flugzeug saß und worum es diesen Menschen ging, aus welchem Schicksal sie entkommen wollten, koste es, was es wolle.

Das Bild veränderte sich rasch. Sie gewannen an Höhe. Einzelheiten verwischten. Nun dominierten die dunkelgrünen, unregelmäßigen Flächen der

Wälder, das helle Grün der Weiden, das Schwarzbraun der Äcker, die dünnen, grauen Straßenbänder. Nordwesteuropa im April. Jago hatte sich abgewandt.

Georg drückte seinen Kopf in das mickrige Kissen und fragte sich, ob er würde schlafen können. In den letzten Monaten war er immer gegen drei Uhr aufgewacht – mit einer seltsamen, teuflischen Pünktlichkeit. Dann war er in Jagos Zimmer gegangen, bevor das Grübeln ihm zusetzen konnte. Dort hatte er sich auf die Bettkante gesetzt, das leise Atmen seines Neffen beruhigte ihn. Und immer hatte er gewusst, ob Jago ebenfalls wach war oder nicht. Als Kind hatte Georg es genauso gemacht. Ruhig geatmet, sich zur Wand gedreht; manchmal geweint. Den Erwachsenen nicht erlaubt, ihm in die Karten zu schauen.

Georg wollte nichts als sich auszuruhen, und endlich stellten sich die Wolken in den Weg. Dichte, aufgebauschte Gebilde, die den Blick auf das Land und die Städte, die Küsten und Gewässer versperrten. Grelles Sonnenlicht flutete ihre Oberseite. Ein Naturschauspiel, das von der Erde aus niemals zu sehen war. In Madrid würde sie umsteigen müssen.

Anders als Jago, der im Herbst ein Turnier in Italien und zum Jahreswechsel ein Trainingslager in der Türkei absolviert hatte, war Georg von Eindhoven aus immer nur nach Berlin geflogen. Die Tatsache, dass sie nach Florida reisten, hätte ihn vor einiger Zeit froh gemacht. Doch jetzt – Jagos und sein Leben war im Begriff, sich um 180 Grad zu drehen – spürte er nur die Erinnerung an etwas wie Vorfreude. Irgendwo tief in sich hatte er diese Empfindung noch eingekapselt.

## 2

So wie fast immer in den letzten Wochen trug Jago eine Kapuze und darunter Kopfhörer, die seine Ohren vollständig bedeckten. Er lehnte sich über den Klapptisch, wischte bedächtig mit dem Zeigefinger über den Screen seines Handys und schaute den Trainingsplan durch, der für die freie Zeit vorgesehen war. Danach öffnete er die Tabellen mit den Daten seiner Leistungen und einen Text über Angriffspressing und Relationismus, den ihnen Scholz – der Trainer der U15 – geschickt hatte.

Jago sah mit der schwarzen Kapuze und der gebeugten Haltung aus wie ein Mönch beim Gebet. Oder wie ein Asket, der bereit war, barfuß bis ans Ende der Welt zu laufen, um seinem Gott: dem Gott des Fußballs nahe zu sein und das Schicksal zu wenden.

Auf der Lehne spürte Georg die ganze Zeit den Unterarm seines Neffen, spürte Nähe und Verbundenheit. Er war jedes Mal froh, wenn Jago zockte oder

Trickfilme schaute, Chips oder Süßigkeiten aß, irgendwie seine Zeit verschwendete oder etwas tat, das nicht dazu diente, seine Leistung zu steigern. Aber nicht mal hier auf dem Flug ließ er locker. Jago stellte eine Box vor sich auf den Klapptisch. Darin waren Gurkenscheiben, Paprikastreifen und Apfelschnitze, dazu ungesalzene Nüsse.

Während Georgs Blick auf das Obst und Gemüse fiel, das Jago am Morgen selbst geschnitten und eingepackt hatte, stellte er sich vor, wie eine Welle ihn anhob und mit dem Rücken auf einen Felsen warf, wo er zertrümmert und zerbrochen liegen bleiben würde. Im selben Moment zuckte Jago heftig mit den Schultern – ohne ersichtlichen Grund. In den letzten Tagen überkam Georg immer öfter das Gefühl, dass ihre Empfindungen, ihr Denken, dass *alles* zusammengewachsen war. Ja, dass er gemeinsam mit ihm verrückt vor Stress werden könnte. Sie waren dabei, die schwierigste Reise ihres Lebens zu unternehmen. Hatten noch diese eine Chance. Würde die Behandlung in Miami zu nichts führen, wäre Jagos Traum vom Profifußball aus.

## 3

Georg beobachtete die Stewardessen, die sich mit dem Servierwagen in den vorderen Teil des Airbus begaben, um Reihe für Reihe ihre Waren zu

verkaufen. Er drehte sich zu Jago, der die beiden wegen der hohen Sitzlehnen nicht sehen konnte.
Jago war mit den Mitspielern seines Jahrgangs regelmäßig zu den Heimspielen ins Philips Stadion gegangen (sofern ihr eigener Spielplan es zuließ). Dort besuchten die Jugendlichen die Katakomben, um Tuchfühlung mit den Profis aufzunehmen. Oder sie hielten sich in der Mixed Zone auf, um die Abläufe kennenzulernen und sich an diesen Ort zu gewöhnen. Immer begannen diese Nachmittage oder Abende im VIP-Bereich, und auch dort waren Servicemitarbeiter, die den Imbiss brachten, Wasser und Säfte reichten. Zu Dutzenden, zu Hunderten bewirtschafteten sie die Arenen, hielten die Dinge am Laufen. Mit schwarzen engen Tops oder Hemden und weißen Schürzen.
Georg war aufgefallen, dass Jago und seine Mitspieler diesen Angestellten im Stadion nie die geringste Beachtung schenkten, sie für selbstverständlich nahmen. Das hierarchische System, das überall im Fußball herrschte und in das sie eingebunden waren, hatten sie von klein auf verinnerlicht.
Neben den Trainingslagern und Turnieren im Ausland, dem Individual-Training, der Betreuung durch die Physiotherapeuten und Mental-Coaches, der permanenten Erfassung und Analyse ihrer Leistungen, umgab alle Spieler der Akademie eine 3D-Aufmerksamkeit. Dazu hatten sie ununterbrochen die Privilegien und *Klunker* einer

Profikarriere vor Augen. Die Ferraris, Bentleys und Porsches auf dem Parkplatz vor der Akademie, wo auch die 1. Mannschaft trainierte. Die Millionen Follower von Ivan Perišić oder Luuk de Jong auf Instagram. Die konkrete Aussicht, in wenigen Jahren vor dreißig-, vierzigtausend oder noch mehr Zuschauern in den legendären Arenen aufzulaufen. Aber jeder wusste: Das Einzige, was zählte, war, dass sie ihre Leistung erbrachten, dass sie funktionierten und *ablieferten*.

Georg hatte immer wieder versucht zu erahnen, was es hieße, wenn das vorbei war. Er stellte sich vor, wie Jago und er so einen Verkaufswagen durch ein Flugzeug schoben und Waren anboten, Geld entgegennahmen, Nachschub holten. Von einem Monat auf den anderen zurück in das andere, *normale*, kleinere Leben?

Er blickte zu Jago. Sein Neffe hielt diese Vorstellung konsequent von sich fern. Auch Georg tat sein Bestes, um sie zu verdrängen. Dabei war es normal, dass Jungen aussortiert wurden und die Hoffnungen ihrer Familien erloschen. Zum Ende jeder Saison musste rund ein Viertel der Junioren die Leistungszentren verlassen. Schmerz und Verzweiflung waren an der Tagesordnung. Das Scheitern war alltäglich. Er dachte an Solveigh. Er dachte an ihren Sohn Nils, einen von Jagos Mitspielern, den dieses Schicksal ereilt hatte.

Plötzlich griff er nach Jagos Hand und drückte sie. Als er spürte, wie sein Neffe den Druck erwiderte – kurz und intensiv –, seine Hand dann gleich wieder wegzog, um weiter über sein Handy zu wischen, hätte er Jago gerne umarmt und gesagt: Ja, es gibt noch Hoffnung. Wir versuchen alles! Wir ziehen es durch! Aber mehr können wir nicht tun. – Was für ein Wahnsinn das alles war. Glaubte er denn selbst noch daran?

Noch vor einem halben Jahr – bei dem Turnier in Turin – hatte ein Journalist Jago zu den fünf besten offensiven Mittelfeldspielern seines Jahrgangs in Europa gerechnet. Aber er war zu klein. Die Ärzte in Eindhoven und an der Berliner Charité hatten aufgrund der Entwicklung seiner Handwurzelknochen die sichere Prognose gestellt, dass er maximal 1,65 werden konnte. Und da die bereits erfolgte zwölfmonatige Hormonbehandlung wirkungslos geblieben war, schien selbst das fraglich. Von einer weiteren Therapie rieten die Mediziner ab.

„Hallo?"
Die Stewardess lächelte, als sie Jago sah, und hielt ihm einen Bonbon und eine Tüte mit einer Spielfigur hin. Doch der lehnte wortlos ab und sank noch ein Stück weiter in sich zusammen. Georg fühlte den Schmerz. Er bestellte sich zwei Dosen Carlsberg und öffnete die erste sofort.

# 4

Nach der Landung durchströmten Georg Empfindungen, die er schon gar nicht mehr kannte. Er hatte sich nicht viel von diesem Ortswechsel versprochen, doch beim Anblick der Palmen und dem Gefühl der Wärme auf seiner Haut hellte sich etwas in ihm auf. Erinnerungen an Urlaubsreisen in warme, sonnige Länder.
Als er vor der Flughafentoilette auf seinen Neffen wartete und hinter der riesigen Glasfront die Jets starten sah, war er durch und durch zuversichtlich: Ja. Es würde klappen, Jago würde doch noch weiter wachsen, diesmal würde die Behandlung anschlagen, und sie beide, Jago und er, konnten weitermachen wie bisher. Und falls es nicht klappte, gingen sie einfach hinein in ein anderes, neues Leben, dann stünden ihnen trotzdem Wege in alle Richtungen offen. Hier am Flughafen erschienen ihm beiden Möglichkeiten real, gut, erstrebenswert, ganz anders als auf dem Flug. Doch er schüttelte den Kopf, weil er sich nicht täuschen lassen wollte, weil er vernünftig sein wollte, weil er sich doch nur von der Wärme und der Sonne mitreißen ließ.

Sie liefen zur Metrostation. Neben einem Taxistand sah er eine Frau, die Eis verkaufte und einen Kunden anlachte. Ein alter Mann in einer blauen Uniform, der den Parkplatz betreute, wirkte seltsam zufrieden, während er in eine Palme blickte, aus der ein Schwarm Papageien flatterte.

Jago dagegen wirkte missmutig. Georg fragte sich, woran das lag, sprach ihn jedoch nicht darauf an. Vielleicht hatte es keine Pissoirs für kleine Menschen gegeben. Über Nils hatte Georg erfahren, dass Jago vor Kurzem bei einem Auswärtsspiel in Utrecht deswegen in der Kabine ausgelacht worden war. Von seinen Mitspielern. Zum ersten Mal.

In der Metro strich Georg seinem Neffen kameradschaftlich über den Rücken, spürte aber, dass der diese Berührung nicht wollte. Und da waren sie wieder, die unerbittlichen Gedanken: *Niemand wird ihn aufhalten. Er ist stärker als sein Schicksal.*

Georg zog seine Hand weg und checkte sein Handy. Er hatte neue Nachrichten von Isa, Jagos Mutter, aber er öffnete sie nicht, er wusste, was sie wollte.

Nur eine Stunde nach der Landung bezogen sie ihr Zimmer im *Colonnade Muriel*, einem Vier-Sterne-Hotel in Coral Gables, südlich von Downtown.

Das Zimmer im vierten Stock wirkte wie vakuumverpackt. Dennoch fühlte sich Georg darin nicht unwohl. Es war groß und hell, es ging nach vorn raus, war nicht zu kitschig eingerichtet. Die Fenster ließen sich allerdings nicht öffnen, zumindest gelang es Georg nicht. Die Klimaanlage regelte die Raumtemperatur auf achtzehn Grad, die sich anfühlten wie zwölf, was Jago und Georg – ohne dass sie ein Wort wechselten – als so unangenehm empfanden, dass sie nur ihre Koffer abstellten, sich Shorts anzogen, die Klimaanlage ausschalteten und sich in die Lobby setzten. An die bodentiefen, offenen Fenster, die zum Pool raus gingen.

Georg schaute auf das Wasser und in die Palmen, beobachtete einen roten Vogel, der aussah wie eine Kreuzung aus Papagei und Spatz. Neben dem von weißen und blauen Fliesen umrahmten Becken wuchsen Hibiskus und Bougainvillea.
In diesem Hotel kostete ein Zwei-Bett-Zimmer inklusive Frühstück 285 Dollar. Der PSV hatte Jagos Hormonbehandlungen über die gesamte Saison finanziert, sich dann zurückgezogen, als die negative Prognose gestellt wurde. Zum Saisonende musste Jago, wenn sie keine neuen, positiven Ergebnisse vorlegen konnten, den Campus in Eindhoven verlassen. Die Behandlung in den USA bezahlte Isa, damit hatte PSV nichts mehr zu tun, der Verein wusste nicht mal von diesem Alleingang. Doch in der Aufregung der letzten Wochen war nicht genau besprochen worden, wer die Hotelkosten übernahm oder wie sie das aufteilten. Georg hätte ganz sicher ein günstigeres Hotel genommen.

## 5

Während Georg in einem Sessel saß, überkam ihn schwere Müdigkeit, nicht diese angespannte Erschöpfung der letzten Monate, die ihn nie zur Ruhe kommen ließ. Er lauschte auf das Plätschern des künstlichen Wasserfalls. Konnte hier nicht doch noch alles gut werden?

Bevor ihn der Schlaf überwältigte, öffnete er Isas Videonachrichten: Ihr Gesicht, übergroß und drängend auf dem Display. Sorge und Angst in der Stimme. Wie jemand, dem die Kontrolle endgültig entglitt. Wie jemand, der das nicht fassen oder akzeptieren konnte. *Gut angekommen?*

Georg reagierte mit einem optimistischen Emoticon und sendete ihr schließlich eine Sprachnachricht, die Gelassenheit ausstrahlen sollte. Danach schaute er sich auf Google Maps den Weg zur Klinik an. Sie war sieben oder acht Blocks entfernt, ein Fußweg von nur fünfzehn Minuten. Als sich Georg den Weg eingeprägt hatte, um ihn ohne Handy finden zu können, drehte er sich von den Fenstern weg und beobachtete die zu später Stunde ankommenden Gäste beim Check-in. Der Eindruck einer lichtdurchfluteten, äußerst sauberen, optimistischen und perfekt funktionierenden Stadt verstärkte sich in ihm.

Ein Teil der Gäste wirkte solvent und abgelenkt, etwas träge und übergewichtig, ein anderer auffällig extrovertiert, mit der Konstitution von Personal Trainern. Der Körperbau einer Frau erinnerte ihn an Solveigh. Die langen Beine und schmalen Schultern. Es war drei Wochen her, dass sie sich zum ersten Mal geküsst hatten. Doch alles, was in Eindhoven gewesen war, schien so unglaublich weit weg. Er hatte seit ein paar Tagen nicht mehr mit ihr gesprochen. Auch nicht immer gleich auf ihre Nachrichten geantwortet. Alles war in der Schwebe. Zuerst mussten sie Miami hinter sich bringen.

Jago blickte derweil konzentriert auf sein Handy. Studierte die Taktiktexte von Scholz. Mit Kapuze und gekrümmtem Rücken sah er noch kleiner aus als ohnehin, zugleich streng, hart und düster. Jago und er sprachen wie üblich kaum miteinander. Und als Georg seinen Neffen beobachtete, wusste er, dass sie auf den Punkt hinsteuerten, an dem es ernst wurde und sie zumindest ein paar Worte wechseln, Dinge ansprechen mussten. Am nächsten Morgen standen das Beratungsgespräch und die Voruntersuchung in der Klinik an. Wenn die Ergebnisse positiv waren, würde Jago übermorgen die erste Infusion bekommen. Es war ein neuartiges Hormonpräparat in einer sehr hohen Dosierung. Anhand von Jagos Blutwerten würde schon nach wenigen Tagen ersichtlich sein, ob es bei ihm anschlug oder nicht.

Georg suchte nach äußeren Zeichen von Aufregung, aber da war nichts. Wie so oft hatte er das Gefühl, dass Jago von unerschütterlichem Glauben erfüllt war. Erneut musste Georg den Impuls unterdrücken, seinen Arm um Jago zu legen. Er wollte seinen Neffen beschützen, zugleich wollte er ihn nicht nerven. Oder war es umgekehrt? Braucht *er* nicht jemanden, der ihm Zuspruch gab?

Er hatte Isa versprochen, dass er Jago – vorausgesetzt die Ergebnisse der Voruntersuchung waren entsprechend – noch ein letztes Mal warnen würde vor den Risiken, den Nebenwirkungen und möglichen Spätfolgen. Ihn vielleicht noch in letzter Minuten von der Sache abzubringen. Aber in der Lobby in Miami wurde ihm klar, dass es dafür längst zu spät war. Jago würde es durchziehen. Und wenn er Jago nicht verlieren wollte, musste er ihn begleiten durch jeden einzelnen Kreis der Hölle. Georg hatte sogar daran gedacht, sich der Behandlung gemeinsam mit ihm zu unterziehen. Dieser Gedanke war total widersinnig, das wusste er selbst, es bewies nur, wie nah er sich Jago fühlte. Georg konnte nicht mehr stillsitzen und stand auf, um sich an der Bar ein Bier zu holen. Es erfüllte ihn mit einer eigentümlichen Befriedigung, dass er sein Versprechen vielleicht brechen würde. Er hatte immer im Schatten seiner großen Schwester gestanden. Doch das Verrückte war ja, dass sich

Isa selbst widersprüchlich verhielt. Sie hatte die Behandlung bereits bezahlt. Das Vorhaben jetzt erneut anzuzweifeln und darüber nachzudenken, es in letzter Minute abzusagen, wäre absurd. Oder ging es ihr um die Verantwortung, und darum, dass Georg sie übernehmen sollte?

# Montag

## 6

Georg betrat wie verabredet um 7:30 die Lobby. Er wäre gerne zu Fuß zur Klinik gegangen, er konnte nach dem langen Winter in Eindhoven nicht genug von der warmen Brise bekommen, die vom Atlantik her wehte. Außerdem war es ihm unmöglich, still zu sitzen. Doch in einer Mail ihres Hinweisgebers, der den Kontakt zu Dr. Euphemian vermittelt hatte, wurden sie aufgefordert, auf das Shuttle zu warten.

Kurz darauf kam Jago. Er trug ein weißes T-Shirt, auf dem *Gigantes de Nazaré* stand, dazu eine blaue, neuwertige PSV-Trainingshose. Außerhalb des Vereinskontextes war es ihm nicht gestattet, die offizielle Kleidung zu tragen, und es war ungewöhnlich, dass Jago es trotzdem tat. Zu dieser Hose trug er weiße Sneaker von Puma, Größe vierzig. Seine Füße waren verhältnismäßig groß. Dass seine Hosenbeine sorgfältig umgekrempelt waren, sah nur, wer genau hinschaute.

Jago begrüßte seinen Onkel, setzte sich und schaute unverwandt zur Tür. Wie an jedem Morgen war er früh laufen gewesen, hatte Stretching- und Ball-Übungen absolviert. Er hielt sich zu einhundert Prozent an den Trainingsplan für die U15.

In den letzten beiden Jahren, seitdem Jago im PSV-Campus *De Herdgang* unter Vertrag stand, hatte er kein einziges Training verpasst und war kein einziges Mal zu spät gekommen. Er hatte seinen Trainern und Betreuern kein einziges Mal widersprochen, niemals mit dem Schiedsrichter diskutiert. Immer maximale Leistung gebracht. Tore wie am Fließband geschossen. Er war schon als Zehnjähriger ohne Begleitung mit der Ringbahn zum Training nach Spandau gefahren. Damals, als Jago bei Hertha zu trainieren begann, hatte Isa ihren Bruder gebeten, die Betreuung für ihn zu übernehmen, denn ihr eigenes Leben als Intensiv-Krankenschwester im Schichtdienst ermöglichte ihr das nicht, und ihr Partner Frederik kam nicht in Frage, weil Jago ihn ablehnte.

Jagos Motivation war herausragend. Und er feierte einen Erfolg nach dem anderen, wurde – mit nicht mal dreizehn – zum U14-Sichtungsturnier des DFB eingeladen. Schließlich hatte PSV Isa und Frederik überraschend gefragt, ob sie sich vorstellen konnten, dass Jago in den Niederlanden trainierte und dort zur Schule ging. Bei einem der ganz großen europäischen Vereine, einem Champions-League Teilnehmer – mit einer herausragend ausgestatteten Jugendakademie! Georg kündigte daraufhin seinen Job und zog zusammen mit seinem Neffen nach Eindhoven, um sich voll und ganz zu kümmern.

Von wem hatte Jago sein überragendes Talent und diese eiserne Disziplin? Seine Mutter Isa hatte in jungen Jahren in der Landesauswahl der Berliner Volleyballerinnen gespielt. Und Jagos Vater? Isa hatte ihre Schwangerschaft aus Argentinien mitgebracht, als sie für zwei Monate durch Südamerika gereist war. Es war eine Bekanntschaft von ein paar Tagen, über die sie so gut wie nie sprach. Fest stand, dass sie sich zu kleinen, klugen, selbstbewussten Männer hingezogen fühlte. Auch Frederik, den sie vor sechs Jahren kennengelernt hatte, war einen Kopf kleiner als sie: Er maß 1,68. – Wenn Jago wenigstens so groß werden würde! Er war nur 1,43. Das reichte nicht für den Wechsel in die U16. Seit einem Jahr war er keinen Zentimeter gewachsen, trotz der Hormonbehandlung mit täglichen Spritzen.

## 7

Der Fahrer des Shuttles, ein breitschultriger Mann mit freundlich lächelnden Augen, sprach Jago und Georg mit ihren Namen an und stellte sich selbst als *Angeles* vor. Er war, wie Georg, ungefähr Ende dreißig. Bekleidet mit einer Jeans und einem kurzärmeligen Hemd.

Die drei verließen die Lobby des Colonnade, überquerten den Bürgersteig und bestiegen einen Toyota-Kleinbus. Als die Tür hinter ihnen geschlossen wurde, wehte Georg eisige, klimatisierte Luft gegen den Oberkörper. Er hatte das Gefühl, dass er sich erkälten würde oder schon erkältet hatte, und wollte die Fenster öffnen, fragte sich jedoch, ob das erlaubt war und ob er den Fahrer darauf ansprechen sollte. Aus Rücksicht auf Jago unternahm er nichts und ließ den Schalter los. Jetzt, als er so dasaß, von dem Unbekannten gefahren wurde, spürte er seine Anspannung in vollem Ausmaß. Er wollte Jago fragen, ob er gar keine Probleme mit dem Jetlag habe. Doch es war nicht der Zeitpunkt, ihn darauf anzusprechen. Außerdem setzt sich Jago normalerweise über alles hinweg, was sein Körper ihm in den Weg stellte. Georg schwieg. Er musste Stärke und Zuversicht ausstrahlen.

Der Fahrer hatte einen In-Ear-Kopfhörer im rechten Ohr und blickte nach vorn. Eine Fahrt vom Hotel zur Klinik in der 37$^{th}$ Avenue – das wusste Georg seit dem gestrigen Abend – dauerte höchstens fünf Minuten, und er erkannte, dass sie einen Umweg nahmen. Vielleicht wegen irgendwelcher Einbahnstraßen, die er auf Google Maps übersehen hatte? Hastig öffnete Georg die App, bestimmte ihren Standort und kontrollierte die Route. Aber er war zu nervös, drückte die Karte aus Versehen weg und musste sie erneut aufrufen. Wo fuhren sie überhaupt hin? Schweiß stand auf Georgs Stirn. Jago drehte sich zu ihm und schaute ihn an, dann griff er seine Hand. Sie war kühl und trocken, das spürte Georg, anders als seine eigene, die sich verschwitzt und klebrig anfühlte. Dann drückte Jago sie und Georg erwiderte den Druck.

Kurz darauf hielt der Fahrer. Sie befanden sich hinter einem Apartmenthaus, wo etliche Müllcontainer standen, die aussahen als wären sie neu angeschafft worden. Die Angst, die ihn während der Fahrt ergriffen hatte, wurde noch stärker. Was zum Teufel taten sie hier?!

Erst jetzt verstand er, dass der Fahrer sie zum Hintereingang gefahren hatte. Georg schaute sich um, als könnte er ein Zeichen entdecken, das ihm sagte, was richtig und was falsch wäre. Aber da war nur eine Frau in einem gelben Kittel, die rauchte und ihnen zuzwinkerte. Wie eine Obdachlose oder eine psychisch kranke Person wirkte sie nicht. Sie sah ganz normal aus, wie jemand, der in einer Küche arbeitete, dachte Georg.

Als der Fahrer die Tür per Knopfdruck öffnete, fiel es Georg schwer aufzustehen und das Auto zu verlassen. Seine Beine fühlten sich wie Holz an. Und trotzdem dachte er daran, an Jagos Hand zu reißen und mit ihm zu fliehen. In ein anderes Leben. Doch Jago war längst ausgestiegen. Sein Neffe wirkte nicht im Mindesten irritiert oder verunsichert. Georg folgte ihm und beruhigte sich, indem er sich in Erinnerung rief: Heute ist die Voruntersuchung. Erst morgen würde Jago die erste Infusion bekommen. Ihnen blieb noch Zeit, eine finale Entscheidung zu treffen.

## 8

Die Fahrstuhltüren öffneten sich in die Klinik, die im obersten Stockwerk lag, und die beiden Deutschen standen unmittelbar in einem Empfangsraum mit einer riesenhaften Rezeption. Diese Klinik glich den Praxen, die sie in Eindhoven und Berlin frequentiert hatten, nur dass sie Georg zehnmal so groß, zehnmal so exklusiv erschien. Lichtgeflutete, makellose Räume, die so still waren, dass Georg das beständige Rauschen in seinen Ohren hörte.

Mit ihnen warteten vier weitere Patienten darauf, dass sie an die Reihe kamen. Niemand grüßte. Georg erschrak. Sein Handy piepte. Schon wieder eine Nachricht von Isa. Er hatte vergessen, es lautlos zu stellen. Es war verrückt, wie viele Nachrichten sie schrieb.

*Es ist sein Körper. Es ist seine Gesundheit. Er will es. Aber ich habe so wahnsinnige Angst, dass wir die falsche Entscheidung treffen. Ruf mich nachher bitte sofort an!*

Jagos Blick traf ihn erneut: *Bleib einfach bei mir. Niemand kann mich abhalten. Es gibt kein Zurück.*

Die ungefähr vierzigjährige, sehr gepflegt und intelligent wirkende Frau in einem weißen Leinenkleid, die sie begrüßte, führte sie in einen angrenzenden Raum. Dort händigte sie ihnen die Anamnese- und Aufklärungsbögen aus, kopierte ihre Reisepässe sowie Isas Vollmacht und setzte sich zu ihnen. Die Art und Weise, wie sie die Papiere mit Georg und Jago durchging, erschien ihm alles andere als zwielichtig. Die Verschwiegenheit, mit der ihr Hinweisgeber in den Niederlanden den Kontakt hergestellt hatte, kam Georg angesichts der Transparenz, die hier in Miami in der Klinik herrschte, übertrieben vor. Nichts deutete hier auf etwas Illegales und Strafbares hin.
Vielleicht war diese Form der Therapie doch nicht so riskant, wie sie glaubten, nur eben nicht zugelassen in der EU. In Europa war sowieso alles viel strenger reglementiert. Vielleicht verhielt sich ihr Hinweisgeber nur so konspirativ, um seine eigene Bedeutung zu unterstreichen, die Abhängigkeit von ihm zu erhöhen und den Preis hochzutreiben. Isas und seine Sorgen waren vielleicht übertrieben, dachte Georg, während die Frau ihm detailliert erklärte, was er unterschrieb. Oben im Namensfeld stand *Rosario.*

Auf jede Seite setzte Georg wie gefordert seine Initialen. Beständig fühlte er Jagos prüfenden Blick. Dies war der Moment, vor dem er sich am meisten gefürchtet hatte. Mit Isa war deswegen besprochen, dass seine Unterschrift auch für sie galt, dass nicht er allein für alles verantwortlich gemacht werden konnte. Doch als es nun so weit war, fühlte er sich ruhig und sicher.

Als die Frau die Papiere abheftete, fiel Georgs Blick auf ihren silbernen Ehering und auf das Foto eines Kindes. Da stand auch ein Korb mit einem Schild: *Lost and found.* Darin lagen eine pinke Feder, eine Murmel, eine zerknickte Postkarte, eine Plastikfigur mit einer Trommel, ein Glas voller kleiner Steine oder Korallen, die so aussahen wie Milchzähne. Georg versuchte, sich auf sein Bauchgefühl zu konzentrieren – darum hatte seine Schwester ihn inständig gebeten – und sein Bauchgefühl in diesen Räumen und in Gegenwart dieser zugewandten Frau sagte ihm, dass er sich beruhigen konnte.

Auch der Arzt war anders, als Georg befürchtet hatte. Er kam auf sie zu und schüttelte ihnen freundlich die Hand. Er hatte es nicht eilig. Nein, das war nicht der Typ *hochintelligenter Gebrauchtwagenhändler*, der Medizin studiert hatte, um mit illegalen Methoden ein Vermögen zu machen. Es handelte sich um einen schlanken, groß gewachsenen Mann mit buschigen Augenbrauen, dessen tastende, unaufgeregte Sprechweise und französischer Akzent ihm sympathisch waren.

Sorgfältig blätterte er den Aufklärungsbogen durch und fragte, ob Georg oder Jago etwas unklar sei. Und nachdem er Jagos Blutdruck, Puls und Reflexe kontrolliert hatte, nahm er ihm Blut ab. Anschließend wischte er mit einem in einer Lösung getränkten Wattebausch über einen zuvor von ihm markierten Bereich auf Jagos Rücken und klebte ein großes Pflaster auf. Fortwährend erklärte er, was er tat. Die Intensität, mit der Jago auf die Lösung regierte, machte ersichtlich, wie hoch das Risiko einer Unverträglichkeit mit dem neuartigen Hormonpräparat war. Denn die Gefahr dieser Behandlung lag weniger in langfristigen Schäden als in einem unmittelbar auftretenden, anaphylaktischen Schock.

Jago ließ alles ungerührt über sich ergehen. Und nach einer einstündigen Wartezeit, die die beiden schweigend nebeneinander verbrachten, zeigte sich auf Jagos Haut unter dem Pflaster keinerlei Reaktion, was der Arzt bei seiner Rückkehr mit einem Nicken quittierte.
Kurz danach ging die Tür erneut auf und die Frau im weißen Kleid betrat gemeinsam mit einem älteren Mann das Behandlungszimmer. Das musste Dr. Euphemian sein – graumeliert, mittelgroß, in einem perfekt gebügelten, weißen Kittel. Alle drei betrachteten nun Jagos Rücken, der ältere Arzt betastete die Haut, und die Frau und der Franzose standen schräg hinter ihm. Ohne eine der anwesenden Personen anzuschauen, sagte er nur diese Sätze:

„Your skin gives us a hint. Now we wait for the blood analysis. That's crucial. But you'll be all right."
Dass beide – die Frau und der Arzt – vor dem Klinikleiter buckelten, indem sie schwiegen und nickten und sich im Hintergrund hielten, fiel Georg auf. Was ihm noch auffiel, waren seine Fingernägel. Georg schien es, als seien sie von transparentem Lack überzogen. Oder hatte der Arzt künstliche aufgeklebt? Sahen seine Hände nicht insgesamt unnatürlich aus? Georg zog keine Schlüsse daraus und ignorierte, dass dieser Mann durchaus die Gesichtszüge eines hochintelligenten Gebrauchtwagenhändlers besaß. Und was hätte das schon geändert! Er war einfach nur froh, dass die Voruntersuchung hinter ihnen lag. Nun hieß es warten. Wie so oft in den letzten Monaten.

## 9

Angeles – der Fahrer des Shuttles – brachte sie auf einem wieder anderen, noch längeren Weg zurück ins Hotel. Diesmal wechselte er ein paar Worte mit ihnen.
„I know a lot of young players from Europe. You are not the only one. PSV, Milan, Munich, Sevilla. – I've seen some videos of you. You play wonderful. At your age! Like Modrić."
Er sagte das nicht wie ein Guide, der die Situation mit Smalltalk auflockern wollte, sondern

wie jemand, der sich auskannte. Kenntnisse, die Georg einerseits zusammenzucken ließen, denn er war davon ausgegangen, dass alles anonym vonstattenging. Doch andererseits: Wenn sogar der Fahrer Bescheid wusste, konnte es alles nicht so zwielichtig sein.

Als Jago ausgestiegen war und in der Hotellobby verschwand, berührte der Fahrer Georg an der Schulter: „You´ve forgotten your sunglasses."

Georg wunderte sich. Seine eigene hielt er in der Hand und Jago trug keine. Doch als er zurück ins Shuttle stieg, um nachzusehen, flüsterte ihm der Fahrer zu: „Don´t go there tomorrow at eight. We meet at nine a.m. I like you and your son. Understandin´ me?"

„Nine a.m.?", fragte Georg verwundert nach.

Der Fahrer drehte sich weg, stieg auf der Fahrerseite ein und fuhr davon.

## 10

Am späten Mittag bestiegen sie einen Sightseeing-Bus und unternahmen eine Tour, die im Übernachtungspreis des Colonnade inbegriffen war. Sie fuhren durch das südliche Miami in Richtung Key Largo, streiften die Ausläufer der Everglades, eine sumpfige Gegend, beherrscht von Mangroven, in der Alligatoren und Pelikane

lebten. Die einzige Farbe in dieser Landschaft war ein trübes, verwaschenes, graubraunes Grün, abweisend und menschenfeindlich. Es war die Farbe der Verwesung – die Farbe des Dschungels. Und paradoxerweise ging von allem eine Kälte aus, die einen innerlich krank machte. Dazu überall die hyper-pragmatische, eigentlich schizophrene Architektur. Angewidert wandte sich Georg ab. Er hatte starke Kopfschmerzen.
Die Gelegenheit, ein Gespräch anzufangen und Eindrücke von der Untersuchung auszutauschen, ließen die beiden verstreichen. Und Georg wollte Jago nicht durch Fragerei verunsichern. Sie warteten auf das Ergebnis der Blutanalyse, das ihnen per Signal-Messenger mitgeteilt werden würde.
Georg musste ständig an das komische Verhalten des Fahrers denken. Wieso überbrachte dieser Mann eine Terminänderung, und wieso tat er es auf diese Weise? Stieg der Wert einer Information mit der theatralen, heimlichtuerischen Geste? Er überlegte, ihren Hinweisgeber zu kontaktieren und nachzufragen. Es war abgesprochen, dass alles ausnahmslos über ihn lief.

Jago nippte an einem Mineralwasser. Georg trank eine große Dose eiskalte Pepsi. Den Konsum von zuckerhaltigen Getränken quittierte Jago normalerweise mit missbilligenden Blicken, aber diesmal hatte er sie selbst für seinen Onkel beim Fahrer gekauft – seit dem negativen Allergietest war Jago etwas entspannter. Das merkte ihm Georg an. Und als die Nachricht mit der Information kam, der Bluttest sei ebenfalls negativ und die Behandlung könne morgen beginnen, grinste Jago über das ganze Gesicht und umarmte seinen Onkel. Er ballte sogar die Faust, so wie er es tat, wenn er sich über ein Tor freute, und begann, mit den kleinen Hebeln zu spielen, die die Klapptische vor ihnen festhielten. Er stellte den Hebel an Georgs Tisch schräg, und stellte ihn erneut schräg, als Georg – der Ordentliche – ihn zurück in die Senkrechte gestellt hatte, und so weiter. Bis sie richtig kämpften um die Position dieser kleinen Teile. Ein albernes, kindliches Spiel, das die anderen Touristen amüsierte. Danach berichtete Jago von seinen Trainingsergebnissen. Er hatte die Daten von heute früh zur Kontrolle an Scholz geschickt. Außerdem erzählte Jago von dem Text über Relationismus, und dass Scholz entsprechende Übungen bei PSV absolvieren ließ. Guardiolas Positionsspiel sei nicht mehr aktuell. Jagos Augen leuchteten. Georg lobte ihn; er war froh, dass sich sein Neffe freute; doch seine eigenen, gemischten Gefühle behielt er für sich. Isa leitete er die positive Nachricht weiter. Anrufen wollte er sie später.

# 11

Nach der Tour gingen sie in einen nahegelegenen Park. Im Vergleich zu Anlagen in Europa war er winzig, doch sehr gepflegt. Die Luft atmete sich leicht und es herrschten überaus angenehme sechsundzwanzig Grad. Die beiden liefen ein paar Runden, aber schon nach zehn Minuten stieg Georg aus und setzte sich auf eine Bank.

Während er Jago beobachtete, der zu einem Basketballplatz ging, machte er ein paar Dehnübungen. Doch die starken Kopfschmerzen wollten nicht vergehen, und nun nahm er auch ein beständiges Druckgefühl in seiner Brust wahr. Erst nach einer Weile wählte er Isas Nummer.

„Morgen geht es also los."

„Morgen geht es also los", wiederholte seine Schwester leise.

„Wo ist er?"

„Er spielt Basketball."

„Hol ihn bitte dazu", sagte Frederik aus dem Hintergrund. „Wir wollten euch beide nochmal hören. Es ist der letzte Call vor der Behandlung."

„Lass ihn spielen. Das tut ihm gut", insistierte Isa. „Jetzt reden erst mal wir, die Erwachsenen. Georg, sag, wie lief das in der Klinik ab? Wie war dein Eindruck von diesem Arzt?"

„Alles wirkte professionell und nett. Der Arzt sieht

keine Hinweise auf eine Unverträglichkeit." – Georg kam das, was er sagte, wie leeres Geschwätz vor. „Wie geht es Jago?"
„Gut. Er ist total ruhig."
„Kommt er noch mit in den Call oder kommt er nicht mehr mit rein?", hörte er Frederik fragen.
Isa wurde ungehalten: „Bleib doch mal ruhig, Freddy!"
Für einen Moment sagte niemand mehr etwas.

„Ich weiß gar nicht, ob so ein gemeinsames Gespräch mit ihm jetzt sinnvoll ist", erwiderte Georg. „Wir würden uns alle nur noch mal viel Glück und alles Gute wünschen. Alles andere dürfen wir Jago nicht zumuten."
„Warum? Ja, vielleicht hast du recht. Er wird sich nur in die Ecke gedrängt fühlen! Wir Erwachsenen müssen eine gemeinsame Position haben. Und du wolltest ihn noch mal aufklären und warnen. Hast du das gemacht? Das war so abgesprochen. Das ist mir wichtig."
„Das werde ich tun", und ohne dass Georg es eigentlich wollte, fügte er hinzu: „Es ist doch alles längst entschieden."
„Längst entschieden?", entgegnete Frederik.
„Ihr kennt ihn, er ändert seine Meinung nicht", sagte Georg, woraufhin Isa plötzlich begann zu weinen. Georg hörte, wie sie Frederik aufforderte, sie mit ihrem Bruder allein zu lassen.

„Ich ruf dich zurück. Gib mir ein paar Minuten“, sagte sie und legte auf.

Während er auf Isas Rückruf wartete, beobachtete er Jago, der mit einer Körpertäuschung einen Gegner stehen ließ und den entscheidenden Pass spielte, indem er den Ball verdeckt hinter seinem Rücken zu einem freistehenden Mitspieler warf. Seine Teamgefährten klatschten mit ihm ab.

Es war eine illustre, gut gelaunte Menge weißer, schwarzer, junger und älterer Menschen, die da spielten. Georg sah, dass sich Jago auf Anhieb wohlfühlte. Er hatte es immer geliebt, ihm beim Spielen zuzusehen. Doch an diesem Tag spürte er eine unbestimmte Trauer in sich.

„Was sagt dein Bauchgefühl?“

„Es ist in Ordnung.“

„In Ordnung? Sag, dass es gut ist! Du hast versprochen, Jago gesund zurückzubringen.“

„Lass uns nicht damit anfangen, uns gegenseitig die Verantwortung zuzuschieben. Ja, mach dir keine Sorgen“, sagt Georg.

„Ich weiß ja selbst, dass ich Jago nicht umstimmen kann, aber vielleicht ein letztes Mal? Andererseits. Sonst würde er mir ein Leben lag Vorwürfe machen. Vorwürfe, dass wir nicht ALLES versucht haben“, Isa wurde noch ernster: „Machen wir einen Fehler?“

„Es wird gut gehen", sagte Georg mit tiefer Stimme und blickte vor sich auf den Boden.

Dass seine Schwester alles permanent in Frage stellte, konnte er nur noch schwer ertragen. Er würde nicht derjenige sein, der Jago seine Hoffnung nahm. Im Unterschied zu ihr hatte er begriffen, dass er die Kontrolle über Jago niemals zurückerlangen würde. Man konnte sich ihm fügen, sich ihm anschließen, ihn lieben, ihn unterstützen – oder das Weite suchen. Einen Mittelweg gab es nicht, das hatte er während der gemeinsamen Zeit in Eindhoven endgültig gelernt.
Und die Frage war, ob Isa nicht längst das Weite gesucht hatte, ohne es sich eingestanden zu haben. Ihre Trauer darüber musste gewaltig sein.
„Es wird schon gut gehen!", hörte Georg sich sagen; und als würde ihn nun das bestürmen, was er so lange erfolgreich verdrängt hatte, spürte er, wie elend er sich beim Gedanken an den morgigen Tag fühlte.

## 12

Am Abend aßen Jago und Georg Pizza in der Lobby des Hotels. Kurz zuvor hatten die beiden nochmal mit Isa telefoniert, ein paar nette Worte gewechselt und sich gut gelaunt verabschiedet. Jago bestellte eine *Vegetariana*. Georg eine *Prosciutto*. Nachdem sein Neffe auf das Zimmer gegangen war, trank Georg ein Bier an der Bar, und während er die Menschen am Pool beobachtete, wanderten seine Gedanken wieder zu dem Fahrer. Nun endlich schrieb er – viel zu spät – eine Mail an ihren Hinweisgeber, in der er bestätigte, dass sie von der Terminänderung Kenntnis genommen hätten. Ihm wurde plötzlich klar, dass er die Information des Fahrers nicht als Terminänderung deuten konnte, dass er sie nicht abtun konnte als Information, die ein überambitionierter Fahrer auf melodramatische Art kommunizierte. Nein, das war eine Warnung! Georg trank ein zweites Bier und schaute permanent auf sein Handy, obwohl eine Antwort ihn sicher erst morgen früh erreichen würde. Und noch etwas anders verstärkte seine Unruhe. Der Korb in der Klinik kam ihm in den Sinn: *Lost and found*. Er versuchte, sich die seltsamen Dinge ins Gedächtnis zurückrufen. Die Murmel, die Feder, die Postkarte, das Glas voller Kieselsteine, die Trommel. Das passte doch überhaupt nicht ins Bild.

Als er endlich im Bett lag, schlief er sofort ein, wachte aber kurz danach wieder auf, und dämmerte unruhig vor sich hin, glitt hinüber in eine Art Halbschlaf, und es kamen Träume, Träume mit Alligatoren, die in einer Reihe nebeneinander lagen und ihn aus menschlichen Augen ansahen.

Jago schwamm in einem Hafenbecken, zugleich war er unter Wasser. Ein Schulranzen trieb auf der Oberfläche. Fußbälle. Müll. Am Kai stand eine lange Reihe von Frauen, die sich die Brüste operieren lassen wollten oder mussten. Dahinter eine ebenso lange Reihe Männer. Auf dem Wasser trieb – ähnlich einem aufgetauchten U-Boot – eine Maschine, zu der ein schmaler Steg führte. Auf dem Steg stand ein Pferd. Jeweils zwei Menschen waren aneinander gekettet.

Er lag da, zwang sich, auf dem Rücken liegenzubleiben und versuchte zu meditieren. Dann beobachtete er die Lichter an der Decke, die von den vorbeifahrenden Autos kamen. Wie viel langsamer die Menschen hier fuhren, dachte er. Sie hatten mehr Platz. Sie durften nicht so schnell fahren, waren gelassener. Fast alles in dieser Stadt war anders, als er es sich vorgestellt hatte.

Er konzentrierte sich auf die bewegten Lichtstreifen und auf das gleichmäßige Atmen seines Neffen. Auf das vertrauenerweckende Gesicht des französischen Arztes. Auf Jagos überzeugten Blick und die Freundlichkeit, mit der er im Sightseeing-Bus die Getränke geholt hatte. Jagos Freude über die Nachricht mit dem Befund. Seine eigenen Empfindungen, als sie in Miami gelandet waren.

Gegen zwei Uhr – er hatte kein Auge zugetan – stand Georg auf und schaltete für dreißig Minuten die Klimaanlage an. Gleichzeitig öffnete er das

Fenster; er hatte eine Möglichkeit gefunden, es anzukippen. Auch die Tür zum Flur machte er weit auf, wobei es schwierig war, sie zu fixieren. Er wollte die Luft im Raum wenigstens minimal zum Zirkulieren bringen. Die Abkapselung, die diese Architektur evozierte, machte ihn schier wahnsinnig. Eine Stunde später schloss er Fenster und Tür, stellte die Klimaanlage aus und hörte Jago leise „Danke“ sagen, mitten in die Dunkelheit hinein.
„Keine Sorge, Onkelchen. Wird schon gut gehen alles. Ich habe ein gutes Gefühl. Kannst dich entspannen. Schlaf weiter.“
Georg richtete sich auf und antwortet mit „Ja“ und wie unbewusst, ohne dass er noch etwas sagen wollte, fragte er:
„Hast du eigentlich diesen Korb gesehen mit *Lost und found*? Fandest du den nicht auch strange? – Als wir noch in Eindhoven waren, habe ich deiner Mutter versprochen, dass ich versuche, dich abzuhalten oder dich umzustimmen. Du kannst jetzt denken, ich bin ein Verräter, aber ich stehe auf deiner Seite. Trotzdem glaube ich ... wir müssen nichts überstürzen. Wenn du willst, sagen wir das morgen ab. Könnten nach der Saison nochmal her kommen. Ich will, dass du das weißt.“
Georg kam es so vor, als würde ihn alle Kraft verlassen, auch der Glaube, und die Selbstbeherrschung. Er wollte nichts mehr sagen, er wollte es nicht von vorn durchkauen, was sie über Wochen

und Monate geplant hatten. Er wollte nicht wie Isa bis zur letzten Minute immer neue Zweifel sähen. Aber er konnte einfach nicht schweigen.

„Du hast diesem übergroßen Druck in De Herdgang standgehalten. Du hast einen gigantischen Willen. Jedes Training, jedes einzelne Spiel, zu dem ich dich begleitet habe ... Ich habe es geliebt, dich zu begleiten. Ich bin unglaublich stolz auf dich. Stolz auf dein überragendes Talent. Nur, Jago, jetzt haben wir einen Punkt erreicht, an dem ... “, Georg zögerte. „Dir stehen super-viele Wege offen. Du kannst Sportwissenschaften studieren, Physiotherapeut werden oder ein erstklassiger Trainer. Du hast ein sensationelles taktisches Verständnis, das weißt du von Scholz.“

Georg nahm Jagos Hände und drückte sie. Jago lächelte ihn an, zog seine Hände aber gleich wieder weg:

„Nein, wir versuchen es. Jetzt sind wir hier. Ich weiß, dass es gut geht. Ich will keine halben Sachen, jetzt wo ich so weit gekommen bin. Der eine Arzt in Berlin hat gesagt, so eine Therapie ist meine Chance. Und die werde ich nutzen.“

„Er hat uns aber auch erklärt, weshalb die in Europa nicht zugelassen ist.“

„Ja, ich weiß. Aber egal, ich mache das.“

Georg sah den matten Schimmer in der Dunkelheit. Jago schaute ihn an, mit diesen hellen, blaugrauen und harten, zugleich warmen Augen, die

Georg aus seiner Familie nicht kannte. Sie mussten von seinem Vater stammen, dem Unbekannten, dem Argentinier, dem *kleinen* Argentinier. Georg fühlte sich wie ein Kind angesichts Jagos Blick. *Keine Sorge, Onkelchen.*

„Ich glaube, das weißt du gar nicht: Ich habe mich in Eindhoven öfter mit Nils´ Mutter, getroffen. Auf einen Kaffee oder auf ein Bier. Genau wie wir, haben sie und Nils ein total enges Verhältnis, sodass eigentlich kein anderer Mensch mehr Platz hat. Was ich dir sagen will, diese Freundschaft, diese Beziehung zu Solveigh hat mir Kraft gegeben, auch du wirst irgendwann einen Menschen treffen, der dir etwas bedeutet, den du nicht mehr missen möchtest. – Du bist mein Neffe. Ohne dich ist das alles nichts. Du bist wie ein Sohn für mich. Ich brauche dich."

Georg musste sich zwingen, endlich zu schweigen. Erzählte er seinem Neffen wirklich von der Liebe und von Solveigh? Wie in einem Kitschroman?

„Ich tue doch alles dafür, dir alles zu ermöglichen. Trotzdem. Es ist doch Wahnsinn, dieses Risiko einzugehen. Ich war Triathlet, das hab ich dir schon erzählt. Ich war für die Junioren-Europameisterschaft qualifiziert, als ich mich am Rücken verletzt habe. Das war schwer, aber ich habe Entscheidendes gelernt. Sei dir sicher, es gibt Alternativen. Es gibt kein *kleines* Leben, jedes Leben ist groß. Und bedeutend. Wir überlegen uns eine Exit-Strategie."

Als sich Georg zurück in sein Bett legte, breitete sich ein fiebriger Schmerz in seinem Schädel aus. Ihm gingen tausend Bilder durch den Kopf. Ihre Wohnung in der Lijmbeekstraat. Die Spiele bei Ajax, die Spiele in Rotterdam oder gegen Köln. So viele Jahre, in denen er mit Jago durch dick und dünn gegangen war. So viele Stationen, Plätze, Gesichter, Handshakes, Telefonate, Entscheidungen. Berlin, Empor, Hertha, PSV. Italien, Spanien, England, Türkei. Dieses wirre Sammelsurium an Gefühlen und Gedanken, die eigenen Erinnerungen und Ratschläge, die Verantwortung, die er übernommen hatte, die Widersprüche ihres Aufenthalts in Miami, Isas und Frederiks Stimmen – das alles vereinigte sich zu einem gefährlichen Stau, und er war sicher, dass das alles bald vorbei sein musste, wenn er keine ernsthaften psychischen Probleme bekommen wollte. Er hatte irrsinnige Angst, und ihn überfiel der Gedanke: Wenn Jago bei der Behandlung etwas passiert, gehe ich ins Wasser. Dann schwimme ich hinaus aufs Meer. Ins Nichts. In den Tod

# Dienstag

## 13

Als Georg aus der Dusche kam, war es 7:00. Jago saß fertig angezogen auf seinem Bett und tippte auf seinem Handy. Er hatte bereits frühmorgens trainiert und noch vor Georg geduscht; nun schickte er Scholz die Daten. Es schien, als wäre alles, was Georg in der Nacht zu Jago gesagt hatte, nie ausgesprochen worden.
„Eine Sache noch“, sagte Georg. „Es gibt eine Terminänderung. Wir haben noch Zeit. Die Behandlung beginnt eine Stunde später.“
„Wieso?“
„Ich weiß es nicht.“
„Wer hat das gesagt? Der Hinweisgeber?“
„Nein, der Fahrer. Er hat mich eindringlich darauf hingewiesen, erst um neun da zu sein.“
„Eindringlich? Vertraust du ihm oder vertraust du ihm nicht?“
„Ich vertraue ihm.“
„Hat er Rosario erwähnt?“
*Rosario* war der Name einer Millionenstadt in Argentinien, dem Geburtsort von Messi. Und es war das Codewort, das ihnen der Hinweisgeber für die anonyme Kommunikation gegeben hatte.
„Das spielt doch gar keine Rolle.“

# 14

Angeles grüßte zurückhaltend, als er um Viertel vor neun in die Lobby kam. Jago und Georg folgten ihm, stiegen in das Shuttle und fuhren los. Diesmal auf dem direkten Weg. Also waren da keine Einbahnstraßen, dachte Georg. Als sie in die 37$^{th}$ Avenue einbogen, aus dem Schatten einer Nebenstraße heraus, und Licht die Straße flutete, wusste er: Er würde Jago begleiten, ihm zur Seite stehen, egal wo, egal wie das Leben weitergehen würde.

Als sie sich dem Gebäude mit der Klinik, diesmal von vorn, näherten, sahen sie zwei Polizeiwagen mit eingeschaltetem Signallicht und drei große schwarze Limousinen, die quer vor dem Gebäude standen. Passanten waren stehen geblieben, gafften und filmten. Jemand muss sich aus dem Fenster gestürzt haben, war Georgs erster Gedanke. Aber wo war der Rettungswagen? Auch Jago starrte nach draußen. In diesem Moment sahen sie den französischen Arzt. Hinter ihm Dr. Euphemian. Beide kamen in Handschellen aus dem Gebäude, eskortiert von einer großen Zahl Uniformierter. Georg drehte sich ruckartig zu Angeles, der ungerührt nach vorn auf die Straße schaute und lang sam beschleunigte.

Jago wandte den Blick nicht von den Ärzten, und Georg sah, wie sich tiefe Falten in sein Gesicht gruben. Für einen Moment sah sein Neffe aus wie ein steinalter Mann. Ergraut und verhärmt. Die Augen wie erloschen. Georg versuchte, seine Hand zu nehmen, aber Jago reagierte nicht. Als sie wenige Momente später wieder vor ihrem Hotel anhielten, reichte ihnen der Fahrer eine Visitenkarte und sagte:

„Maybe we find another solution. Call me. I like you. Both of you“, er wendete das Shuttle, stoppte jedoch noch einmal ab und rief: „Rosario!“, blickte dabei undefinierbar.

Aber Jago hatte die Tür bereits geöffnet und den Wagen verlassen.

## 15

Georg lief in die Lobby, am Pool vorbei, dann aufs Zimmer. Von dort rannte er wieder zum Pool, schaute sich erneut in der Lobby um. Eine Hotelangestellte glaubte, dass Jago in Richtung Meer gelaufen sei. Das war nicht weit, doch überall blockierten Leute, die wie in Zeitlupe die Straßen und Bürgersteige besetzten, seine Sicht, genau wie die verfluchten Autos. Am Strand rannte Georg ein Stück nach Norden, dann in die entgegengesetzte Richtung, verlangsamte sein Tempo nur, wenn er Jago anzurufen versuchte. Er wurde panisch, schwitzte wie verrückt. Die Sonne dröhnte auf ihn herab, er hatte kein Cap aufgesetzt. Er sah einen Lieferwagen und hatte die abwegige Idee, Jago könnte entführt worden sein. Zum ersten Mal seit Jahren wusste er weder, wo sein Neffe war, noch, wie er ihn erreichen konnte. Er kletterte auf einen Poller, um besser sehen zu können, und dann klingelte endlich sein Telefon. Das musste Jago sein.

„Wie war's", fragte sie. „Wie geht es Jago?"

„Was?"

„Wie – geht – es – Jago? Er geht nicht ans Telefon", sagte Isa. „Du wolltest mich gleich anrufen!"

„Er hat keine Infusion bekommen. Das ist alles total chaotisch. Der Arzt wurde verhaftet."

„Was?!"

„Ich melde mich in einer halben Stunde und erkläre dir alles", und noch bevor Isa weiter fragen konnte, legte er auf, stieg erneut auf einen Poller, schaute zum Strand, zu den Restaurants, die Straße entlang, schaute überall hin. Ihm wurde schlecht. Dann rannte er weiter. Wo war Jago?! Georg unterdrückte das Bedürfnis, laut zu schreien und laut nach ihm zu rufen. Jago! JAGO!

Einen weiteren Anruf von Isa drückte er weg. Georg musste sich beruhigen, genauer hinschauen, irgendwo musste Jago doch sein. Er rief im Hotel an, legte aber sofort wieder auf, denn natürlich würde er keine Antwort bekommen; sie durften ihm keine Auskunft erteilen, schon gar nicht über ein Kind.

Er schaute in alle Richtungen gleichzeitig. Jagos Körper war so klein, wie sollte er ihn entdecken? Er stellte sich auf den Weg vor dem Strand, atmete fünfmal tief ein und aus, konzentrierte sich. Und endlich kam ein Gedanke, kam Vernunft. Wohin war Jago denn in Eindhoven geflüchtet, als er die Diagnose bekommen hatte! Wo musste Georg ihn suchen! Jago war kein Mensch des Meeres. Er ging nicht mal an den Pool. In einer Krise würde er nie zum Wasser flüchten. In einer Krise ...

## 16

Und da war er – im Park. Er spielte Basketball. Eine ungeheure Spannung fiel von Georg ab. Und noch bevor er Jago ansprach oder grüßte, machte er Fotos von ihm und schickte sie Isa. *Alles erstmal in Ordnung bei uns. Wir melden uns gleich. Brauchen noch einen Augenblick. Liebe Grüße.*
Georg setzte sich unmittelbar an den Spielfeldrand. Er wollte ganz nah bei seinem Neffen sein, er konnte sich nicht vorstellen, ihn jemals wieder allein zu lassen. Außerdem war er die ganze Strecke vom Meer gerannt, so schnell er konnte. Vor Erschöpfung war er wie benommen, konnte kaum sprechen. Er musste zuerst

etwas trinken, wollte sich aber nicht von Jago wegbewegen und schaute ihm eine Weile beim Spielen zu.

„Warum meldet ihr euch nicht? Was ist das alles für ein Wahnsinn? Jetzt ist Schluss! Wir haben das im Internet gesehen. Internationales Dopingnetzwerk, Handel mit verbotenen Präparaten, Körperverletzung, bandenmäßiger Betrug, fahrlässige Tötung! Der Arzt ist ein Schwerstkrimineller.“ – Isa war zugleich kühl und hart und außer sich. Das alles war mehr geschrien als gesprochen.
„Wusstest du das? Kapierst du das? Oh Gott, bin ich froh, dass der verhaftet wurde. Ich zeige den Hinweisgeber an! Ich krieg raus, wer das ist. Gott! Ihr kommt jetzt sofort zurück. Heute Abend geht ein Flug nach Frankfurt. Gib mir jetzt Jago!“
„Beruhige dich erst mal. Uns ist nichts passiert.“
„Gib ihn mir!“
„Er spielt Basketball. Wir brauchen selbst erst mal einen Moment, um das zu begreifen. Das war ein Schock.“
„Hol ihn ans Telefon! Ich will ihn hören“, Isas Stimme überschlug sich.
Georg rief und winkte, aber Jago reagierte nicht.
„Weißt du, wie ich euch manchmal hasse?! Ich hatte einen Panikanfall, als ich das gelesen habe. Er ist mein Sohn! Er ist vierzehn.“

Georg hörte, wie seine Schwester zu weinen begann. Zugleich stöhnte sie vor Wut.
„Ich will Jago zurück, bevor er ganz kaputt ist. Es ist jetzt aus! Wir haben alles versucht, wir haben ihn unterstützt, mit allem, was wir hatten, seit Jahren. Jago, ich, du – wir gehen daran kaputt. Und wenn ihr das nicht einseht, schicke ich Freddy, der holt euch."
Georg hörte, wie Frederik sie zu beruhigen versuchte, wie er mit gedämpfter Stimme auf sie einredete: „Wir sollten versuchen, es Jago in Ruhe zu erklären."
„Ab jetzt wird nichts mehr erklärt! In einer Stunde schick ich euch Tickets!", schrie Isa.
„Vielleicht hast du recht. Vielleicht ist es aus. Wir konnten das nicht wissen. Ich melde mich in spätestens einer Stunde mit Jago. Versprochen", erwiderte Georg und legte auf.

## 17

Jago zu sehen, wie er sich mit vollendetem Ballgefühl auf dem Platz zwischen den großen Menschen bewegte, wie er jede Drehung schnell und geschmeidig ausführte, jeden Pass präzise und hart spielte ... Das war genau das, was Georg immer mit Begeisterung und Freude erfüllt hatte, mit Glück und Stolz, nicht nur beim Fußball: Jagos Raum- und

Ballgefühl, seine Fähigkeit zu antizipieren und perfekte Pässe zu spielen, seine Körperbeherrschung, die es ihm erlaubte, überraschende Richtungswechsel zu vollziehen und mit kleinen Körpertäuschungen jeden Gegner zu umdribbeln. Aber das an diesem Tag zu sehen, war einfach nur unendlich traurig. Wie er diese Welt manchmal verabscheute, die Menschen mit Fähigkeiten beschenkte, sie hemmungslos mit Talent zuschüttete und ihnen zugleich Möglichkeiten vorenthielt. So als wäre die Welt gelenkt von einem verblödeten, egomanischen Kleinkind.

„Nein, ich gehe jetzt nicht zurück. Sag ihr, dass ich wie geplant die vollen sieben Tage hier bleibe, solange Schulferien sind und in De Herdgang trainingsfrei ist. Um mich auszuruhen, Urlaub zu machen. Vielleicht ergibt sich ja auch noch etwas ganz anderes. Aber sag ihr, wenn sie auf die Idee kommt, und Freddy hier aufkreuzen lässt, verschwinde ich und er wird mich nicht finden. Sie hat mich nicht unter Druck zu setzen. Und sag ihr, dass ich will, dass du bei mir bleibst."
Jagos Gesicht war nah an Georgs. Er sah die Schweißperlen auf seiner Oberlippe. Das war typisch für Jago. Georg wusste, wie der Körper seines Neffen auf Anstrengung regierte. Es gab niemanden, den er so genau kannte. Wie froh Georg war, dass dieses alte, fremde, steinharte Gesicht nicht mehr wie eine Maske auf Jago lag.

„Ich gehe jeden Tag am Strand laufen", platzte es aus Jago heraus. „Mache mein übliches Programm und das von Scholz, spiele Basketball. Ich mag die Typen hier, auch wenn sie nicht sonderlich gut spielen. Und du kannst jeden Tag ans Meer gehen oder in den Pool. Du kannst mit Nils' Mutter telefonieren. Das wolltest du doch, oder? Ich hab gesehen, dass du zufrieden beim Frühstück aussahst, als du dich mit der Bedienung unterhalten hast, und dass dir das warme Wetter gut tut. Du brauchst doch auch mal eine Pause. Für dich ist das auch anstrengend."
Als Jago das sagte, musste Georg lachen und erwiderte leise:
„Das stimmt. Allerdings."

Eine Weile beobachteten sie ein Müllauto, das vor ihnen entlangfuhr. Ruhig und gelassen steuerte der Fahrer es durch den Park. Georg war beeindruckt, wie entschlossen und vernünftig ihm Jago seinen Wunsch mitgeteilt hatte. Aber er selbst fühlte abgrundtiefe Erschöpfung. Die Situation hatte sich grundlegend verändert.
Plötzlich fragte er sich, ob es Zeit war, sich selbst zu schützen. Ob es Zeit war, die Verantwortung abzugeben. Aber er konnte Jago nicht allein lassen; das war undenkbar. Er liebte Jago wie einen eigenen Sohn, er würde ihn niemals im Stich lassen.
„Abgemacht? Wir bleiben?"

„Abgemacht. Wir bleiben noch. Das macht Sinn. Aber ich muss mit Isa reden. Wir brauchen ihr Einverständnis."
Jago stand auf, umarmte seinen Onkel, er wollte zurück zum Basketball.
„Ruf sie bitte noch kurz an, oder schreib ihr eine Nachricht, ein Lebenszeichen."

## 18

Georg blickte auf die blau schimmernde Wasseroberfläche, die trotz des Winds völlig unbewegt dalag. Hätte es in Eindhoven so einen Pool und diese laue Brise vom Meer gegeben, wäre er nicht in diesen bedenklichen Zustand geraten, hätte der Stress ihn nicht ausgehöhlt, wären seine Gedanken klarer und heller gewesen, dachte er.
Er zog sich die Schuhe aus und umrundete das Becken. Einmal, zweimal, dreimal ... so, dass er das Wasser zwischen seinen Zehen fühlen konnte. Er spürte, wie gut ihm das tat, sich zu bewegen wie ein Mönch im Kreuzgang. Er verschränke die Hände hinter seinem Rücken, atmete tief ein und aus, versuchte die Wärme zu genießen, schloss die Augen. Spürte Erschöpfung, aber auch Erleichterung. Hatten sie nicht Glück gehabt? Keine Verhaftung, keine Schäden durch eine Behandlung und ... nun bereit für einen neuen Anfang.

Er bestellte ein Bier. Es war zu wässrig und so kalt, dass er genötigt war, es langsam zu trinken. Er sehnte sich nach einem kühlen, einem bitteren, herben deutschen Bier, das nicht so mickrig war und die innere Stimme zum Verstummen brachte. Schließlich setzte er sich wieder in einen der bequemen Sessel, nahm sein Telefon und wählte Solveighs Nummer. Er war selbst von dieser Spontaneität überrascht, hörte das Freizeichen. – Auch für ihn, für Georg würde ein anderes Leben anfangen. Er musste sich neu orientieren. In Berlin? Zurück in seinen alten Job wollte er auf keinen Fall. Und wie half Solveigh eigentlich ihrem Sohn Nils dabei, über seinen geplatzten Traum hinwegzukommen? Wie lebte er damit? Und was würde sie mit ihrem eigenen Leben anfangen? Er erinnerte sich an die Idee, die er in Eindhoven gehabt hatte: dass er mit ihr über die Gründung einer Agentur sprechen könnte, die junge Profis beriet, die ihre Karriere aufgrund von Verletzungen oder Krankheiten beenden mussten. Es war fraglich, ob man damit Geld verdienen konnte, doch es wäre immerhin eine Perspektive für die Zukunft.

Weil Solveigh nicht antwortete, wählte er Isas Nummer.

Ohne jede Einleitung, ohne jeden Smalltalk berichtete er seiner Schwester von dem Gespräch mit Jago, und es passierte, womit er nie gerechnet hatte. Isa war damit einverstanden, dass sie noch ein paar Tage blieben, um Urlaub zu machen, und im Folgenden entwickelte sich ein Telefonat, das sich von allen anderen Telefonaten, die er mit ihr in den letzten Jahren geführt hatte, unterschied. Isa wirkte seltsam offen und gefasst. Da war nichts mehr von dieser eisenharten Strenge, die sie im vorherigen Gespräch ausgestrahlt hatte. Georg fragte, ob sie gekifft habe, woraufhin sie lachen musste.

Isa berichtete von Tante Mimi. Jeder aus ihrer Familie, die über Deutschland verstreut lebte, wusste natürlich von Jago, wusste vom PSV und auch, dass Georg ihn in Vollzeit betreute. Jeder und jede aus der Familie wusste etwas dazu zu sagen. Wobei es bemerkenswert war, wie kalt Jago die kursierenden Meinungen und Vorschläge, der Neid und die Bewunderung, der Klatsch und Tratsch ließen.
Diese Tante Mimi, die in Hannover wohnte, hatte Isa ausgerechnet heute von einem Heiler erzählt, dem sie bei einer Veranstaltung begegnet war. Isa distanzierte sich fortwährend von der Idee, einen *Heiler* ernst zu nehmen. Bezeichnete das als blödsinnig und abstrus, ließ aber zugleich nicht davon ab und sprach immer weiter über diesen Mann und seine Erfolge. Er hatte Zahnschmerzen gelindert, Kinderwünsche erfüllt und einen kleinwüchsigen Patienten acht Zentimeter wachsen lassen.

Georg verstand es nicht. Wollte seine Schwester, dass er Kontakt aufnahm? Er vermutete, dass Isa diesen Heiler bloß als abwegige Möglichkeit ins Spiel brachte, um Jago überhaupt irgendetwas anzubieten, um ihn zurück nach Deutschland zu locken. Isa glaubte nicht an Scharlatane, sie arbeitete auf einer Intensivstation, sie vertraute der Schulmedizin, das wusste ihr Bruder.
Schließlich sagte Isa – und wahrscheinlich war es das, worüber sie die ganze Zeit mit ihm hatte sprechen wollen –, dass Mimi gemeinte habe, ein *Fluch* müsse von ihnen genommen werden. Der Fluch, der auf Jago und auf Isa lag und der mit der Nicht-Anwesenheit des Vaters über sie gekommen war. Es müsse versucht werden, diesen Fluch „umzuleiten". Alle Beteiligten – so Mimi – sollten darüber nachdenken, was es „eigentlich" bedeutete, klein zu sein. Nur wenn Jago innerlich wuchs, behauptete Mimi, könnte er auch äußerlich wachsen. Es müsste Familienarbeit geleistet werden: Denn was sei es anders als eine „Sucht", exzessiv und ausschließlich für den Fußball und das Gewinnen zu leben. Was heißt es denn, ein Kind in der Familie zu haben, das besessen sei von einem Traum.

Georg fiel es schwer, Isa zuzuhören. All das, was Isa normalerweise rasend vor Wut machte: Mimis Esoterikgeschwafel, all das, was normalerweise dazu führte, dass Isa ohne Vorwarnung auflegte, kommentierte sie an diesem Tag so: „Vielleicht hat Mimi Recht und ich sollte die Hilfe dieses Heilers *für mich* in Anspruch nehmen. Es ist vielleicht alles meine Schuld; schon, dass er seinen Vater niemals kennengelernt hat."

Es wurde still in der Leitung. Georg hatte nur sehr wenige Male mit ihr über Jagos Vater gesprochen.

„Wusstest du", fuhr Isa fort, „dass er damals zu mir gesagt hat, er gehe nur kurz etwas zu essen holen, und ich ihn darauf nie wieder gesehen habe? *Kurz etwas zu essen holen* ... Das war zwei Tage vor meiner Rückkehr nach Deutschland. Es war das erste Mal in meinem Leben, dass ich wirklich verliebt war. Und das ist es doch: Alle anderen Jugendspieler, die nach oben kommen, stammen aus einem mega-stabilen familiären Umfeld", und sie fügte leise hinzu, „Das konnte ich ihm nie bieten."

„Hör auf!", Georg unterbrach sie. „Du, Frederik, ich – wir haben ihm Stabilität gegeben. Außerdem: Gerade solche Kinder sind resilient. Mach dir keine Vorwürfe. Du hast alles richtig gemacht. Mimi hat keine Ahnung. Ignorier sie!"

Isa setzte neu an: „Glaubst du, dass Jago sein Schicksal jetzt annimmt? Es gibt doch kein Zurück nach De Herdgang."

„Ich könnte es mir vorstellen."

„Versprich mir, dass es vorbei ist!"

„Wie könnte ich das?"

„Wir haben angefangen, sein Zimmer hier in Berlin freizuräumen, und wir werden es ganz neu einrichten. Kommt bitte so schnell wie möglich zurück. Und wo willst du dann eigentlich wohnen?“
Die Geschwister schwiegen einen langen Moment, bis Georg meinte:
„Wird sich schon irgendwas ergeben ... Weiß du, was ich jetzt gerne machen würde?“
„Nein. Sag!“
„Kiffen. Zusammen mit dir.“
Isa lachte.

Georg verließ die Lobby und ging auf die Straße, in die Wärme. Er musste sich bewegen. Die Luft war klar, er konnte in beide Richtungen weit die Straße hinunterschauen. Dann lief er hinter das Hotel zu den Müllcontainern und steckte sich eine Zigarette an, denn fast überall in dieser Stadt war das Rauchen verboten. Während er den Rauch tief inhalierte, wurde ihm bewusst, wie ausgebrannt er war. Und er beschloss, die folgenden Tage zu nutzen, um selbst Urlaub zu machen und nachzudenken. Doch zugleich sah er sich in einem Traumbild mit Jago zusammen auf das Meer hinausschwimmen, weiter und weiter. Plötzlich hatte er den Gedanken, dass er Isa und Berlin niemals wiedersehen würde. Niemals. Er musste Solveigh sprechen. Sie war jetzt wichtig. Er vermisste sie.

# Mittwoch

## 19

Nach dem Frühstück checkten sie im Colonnade aus und liefen mit den Rollkoffern zu einem anderen Hotel, das nur einen Kilometer entfernt war, sich jedoch in einer anderen Welt zu befinden schien. Das *Estrella* hatte zwei Sterne und lag zwischen Flagler und Little Havana, einer Gegend mit vielen Läden und Restaurants von Latinos. Ein Zweibett-Zimmer kostete dort 135 Dollar pro Nacht.

An der Decke über der Rezeption hing eine gelb-blau-rote Flagge. Die Besitzerin war aus Kolumbien und beschallte den winzigen Pool schon vormittags mit lauter Musik. Das war Georg fremd, doch er fühlte sich auf Anhieb wohl.

„Nice", sagte Jago, sortierte sein Waschzeug und die Kosmetika ins Bad, zog Sportsachen an und lief in den Park, der vom Estrella genauso weit entfernt war wie vom Colonnade.

Georg trank noch einen Kaffee, wechselte ein paar Worte mit der Frau an der Rezeption und folgte dann Jago in den Park. Sein Neffe spielte mit denselben Jungs wie am Tag zuvor Basketball. Es wirkte auf ihn, als wäre er voll integriert. Dass er viel kleiner als alle anderen war, schien kein Thema zu sein. Hier galten die Regeln, die auch in De Herdgang gegolten hatten, die überall auf der Welt beim Sport galten, vor allem auf der Straße: Mach mit, bring deine Leistung, liefere deinen Teil ab, verhalte dich okay, heul nicht rum – und du bist dabei, du bist einer von uns, egal wie du aussiehst oder wer du bist. Und wer so außergewöhnlich begabt war wie Jago, wer mit dieser Einstellung, mit diesem Profi-Mindset teilnahm – war immer willkommen.

Georg winkte Jago und bat ihn, Isa anzurufen, zu fragen, wie es ihr ginge. Außerdem sollte er sich kurz bei ihr bedanken.
„Später", erwiderte Jago. Erst wollte er weiter Basketball spielen.
„Sie zahlt uns alles, sie ermöglicht uns die freien Tage ...", entgegnete Georg.
„Nein. Das ist nicht wahr. Das ist auch mein Geld. Ich weiß, was sie für meinen Wechsel zum PSV bekommen hat."
Das war nicht unzutreffend. Jago besaß eigenes Geld. Offiziell durfte keine Ablöse für Jugendspieler gezahlt werden, nur eine Ausbildungsentschädigung. Aber es war ein offenes Geheimnis, dass interessierte Vereine die Eltern mit hohen Summen lockten, um ihre Söhne abzuwerben. Dieses Geld verwaltete Isa treuhänderisch. Aber davon bezahlte sie auch Georgs Aufenthalt in Eindhoven. Und es hatte nicht gereicht für die

Behandlungskosten in Miami, sie musste etwas von ihrem Ersparten nehmen.
Georg schwieg. Schließlich nickte Jago bloß, weder zustimmend noch ablehnend.

Am Mittag wollte Georg am Meer spazieren gehen, kam dabei in der Nähe ihres Hotels durch eine enge, schattige Einbahnstraße – die Pirate Lane. Niemals hätte er damit gerechnet, dort das Schild einer deutschen Brauerei zu entdecken, das ihn auf eine versteckte, winzige Bar aufmerksam machte: das *Dreams Pequeña*. Sie wurde von einem Amerikaner geführt, der ein bisschen so aussah wie Paul Gascoigne. Mit gerötetem Gesicht und geplatzten Adern auf der Nase. In einer Ecke saßen zwei Gäste und über der Tür hing eine Fahne von Celtic Glasgow, was Georg endgültig zum Bleiben bewegte.
Viel eher als am Meer würde es hier möglich sein, zur Ruhe zu kommen. Er bestellte ein Bier und ging an einen Tisch nach draußen. Er wollte gerade Solveighs Nummer wählen, als er den Fahrer sah, Angeles, der mit einer muskulösen Frau Richtung Meer joggte. Beide hatten ihre Smartphones am Oberarm fixiert und unterhielten sich. Eine Reflexion von einem Haus gegenüber traf die beiden und hüllte sie in grelles Licht. Mit Shorts und Muscle Shirt wirke der Fahrer enorm athletisch. Oberarme, Beine, Schultern – jede Muskelgruppe war präzise definiert. Der Mann war Georg nicht

unsympathisch; zugleich wurde ihm klar, dass er nichts mehr mit ihm zu tun haben wollte. Er fragte sich, wo er die Karte mit der Telefonnummer gelassen hatte. Im anderen Hotel? Es spielte keine Rolle. Er würde diesen Mann niemals anrufen.

Georg war froh, dass sie sich nicht gegrüßt hatten, auch wenn er ihm und Jago geholfen hatte. Nicht auszudenken, was geschehen wäre, hätte man sie zum Zeitpunkt von Euphemians Verhaftung in der Klinik angetroffen. Sie hätten es mit den US-Behörden zu tun bekommen. Aber waren sie diesem Mann deshalb etwas schuldig? Georg wartete, bis er und die Frau nicht mehr zu sehen waren, dann rief er Solveigh an.

Als er sein Handy in die Hand nahm, spürte er, wie sein Herz klopfte. Wie anders, wie schön war diese Aufregung im Vergleich zu dem, was er mit Jago durchgemacht hatte.

Die Verbindung wurde hergestellt. Er hörte ein unscharfes Freizeichen, doch sie nahm wieder nicht ab. Wenige Augenblicke später kam eine Textnachricht. Sie schrieb, dass sie mit Nils nach Kuba geflogen sei, in ein Resort, um auszuspannen. Georg war völlig überrascht. Dass die beiden Eindhoven verlassen würden, wusste er. Aber dass sie nach Kuba reisten? Während er ihre Nachricht wiederholt las, kam eine weitere, in der sie vorschlug, am nächsten Tag zu telefonieren.

Sie mussten erstmal ankommen, der Jetlag mache ihnen zu schaffen, auch die Hitze sei ungewohnt. Nachdem Georg die Nachrichten fünf Mal gelesen und ein zweites Bier getrunken hatte, lief er zum Meer. Er rannte ein Stück am Strand entlang. Die Brandung schlug gegen seine Füße. Die Schuhe trug er in der Hand. Er fühlte sich so leicht wie lange nicht mehr. Fast wie ein Teenager.

Jago und Nils waren die Einzigen aus der U15 gewesen, die aufgrund ihrer Leistungen hin und wieder mit den Älteren zusammen trainieren und spielen durften. Doch Nils hatte in einem Ligaspiel gegen die U17 von Feyernoord Rotterdam einen Riss der Achillessehne erlitten. Nach der Operation hatte sich das Gewebe immer wieder entzündet und verheilte nicht. Im Unterschied zu Jago war Nils bereits mitgeteilt worden, dass er den Campus verlassen musste. Dieses ähnliche Schicksal ihrer Kinder hatte Solveigh und ihn noch enger zusammengebracht. Georg hatte sie oft zum Krankenhaus gefahren oder die beiden in der Reha besucht.
Georg gab *Havanna* auf Google Maps ein. Die Entfernung von Miami betrug nur knapp zweihundert Kilometer. Als Nächstes schaute er nach Flügen. Es gab jeden Tag Direktverbindungen. Ihn überkam der übermächtige Wunsch, zusammen mit Solveigh auf Kuba zu sein. Vielleicht war es genau das,

was er und Jago brauchten. Vielleicht würden sie sogar zusammen mit Solveigh und Nils eine neue Perspektive finden.

Zuerst antwortete er, indem er ihre Nachrichten mit Herzchen markierte, dann schrieb er: *Liebe Solveigh. Kuba! Toll! Bei uns ist auch viel passiert. Wir sind in Miami. Verrückt, dass wir in derselben Weltgegend gelandet sind. Jetlag ist anstrengend. Die Karibik tut gut. Bis morgen! Liebe Grüße, Georg* Dann schickte er ihr Fotos: Jago auf dem Basketball Court. Ein Selfie von sich unter einer Palme am Pool. Als er sie abgesendet hatte, dachte er, dass sie eventuell zu romantisch waren. Ihm fiel auch auf, wie stark sich diese Bilder von ihren Erfahrungen in Miami unterschieden. Auch sein Text kam ihm im Nachhinein altbacken und uncool vor.

Dass er seinen Aufenthalt unterbrochen hatte, um am Meer zu spazieren, schien in der Bar niemanden zu kümmern. Georg trank noch ein Bier und am Abend war er in der Stimmung, ein paar Worte mit jemandem zu wechseln. Ein Gast war ihm aufgefallen: ein vierzig- oder fünfundvierzigjähriger Mann, der die *Marca* las und Kaffee trank. Kurz bevor er ging, kam dieser Unbekannte auf ihn zu und sprach Georg auf Deutsch mit spanischem Akzent an.

„Darf ich mir den Zucker nehmen?“

„Ja. Woher wissen Sie, dass ich Deutsch spreche.“

„Deutsche erkennt man auf tausend Meter. Sie sind immer so ernst und in Gedanken. Und ordentlich. Und klug.“

„Na, da haben Sie ja grad noch so die Kurve bekommen.“

Beide lachten. Normalerweise sprach oder scherzte Georg nicht mit Fremden, aber er hatte gute Laune.

# Donnerstag

## 20

Am nächsten Morgen saß er schon um 10 Uhr im Dreams Pequeña und trank Bier, viel Bier. Er starrte auf das Schild der Brauerei – auf den Schlüssel und den Schriftzug. *Bremen, Germany.* Ein diffuses und in seinem Leben selten gewordenes Gefühl von Heimat war darin gespeichert, und er fand ein bisschen Trost. – Wie bedauernswert und traurig das war, wusste er selbst. Das musste ihm niemand erklären.

Er hatte gehofft und geglaubt, dass sich gleich neue Perspektiven auftaten. Und jetzt? Nach dem Telefonat mit Solveigh? Was dachte er, während er immer mehr trank und auf das Schild stierte, sich an die Bar lehnte oder in den Fernseher glotzte?
Solveigh hatte ihm erzählt, dass Nils und sie immer noch nicht begreifen konnten, dass es aus war mit Fußball. Es fiel ihnen unendlich schwer, und jetzt versuchten sie, in Kuba auf andere Gedanken zu kommen. Nach Eindhoven ging sie einzig und allein, um die Wohnung aufzulösen, danach würde sie zurück nach Stavanger ziehen, zu ihrem Mann, Nils‘ Vater. Das Telefonat dauerte nur fünf Minuten. Solveigh

war kurz angebunden, weil sie einen Fischmarkt besuchen wollten und zum Bus mussten. Sie sagte auch, dass es ihr leid tue, dass sie nicht bereit sei für etwas mit ihm. Das Essen sei großartig auf Kuba, auch ihr Hotel. Fünf Sterne. Aber sie mache sich große Sorgen um Nils, der unter Schmerzen leide. Liebe Grüße, vor allem an Jago. Eine Umarmung.

Georg blieb den ganzen Tag und bis weit in die Nacht im Dreams Pequeña. Er war wie vor den Kopf gestoßen. Zog sich in sich zurück. Die wenigen Menschen in der Bar ließen ihn in Ruhe, sodass er Raum und Zeit hatte, um Solveighs Worte zu begreifen. Warum hatte er nicht erkannt, dass sie sich mit ihm nur anfreunden, ablenken oder trösten wollte? Dass sie mit Nils genug zu tun hatte und in ihrem Leben kein Platz für andere Menschen war – nur für Affären.
X-mal schaute er ihre Nachrichten aus den letzten Wochen durch, um einen Hinweis zu finden, den er übersehen hatte. Er bereute es, ihr erst so spät und dann übereilt und uninspiriert geschrieben zu haben. Konnte sie spüren, wie nötig er sie hatte und wie er sie vermisste? Hatte sie das abgeschreckt? Oder hatte sie sowieso nie etwas für ihn empfunden? Hatte sie sich ein falschen Bild von ihm gemacht? Nein, das änderte nichts.
Über fünf Jahre hatte Georg keine richtige Beziehung geführt. Dann hatte er sich in Solveigh verliebt, aber das war überlagert worden von Jago, dem

Hin und Her zwischen Krankenhaus, Kliniken und Training, Schule und Ligaspielen. Es hatte auch in seinem Leben nicht genug Raum für jemand anderen gegeben.

„Und was jetzt?" – Das war der Satz, den er wieder und wieder in sein Bier hinein flüsterte, in dieser abgelegenen Pirate Lane, im Dreams Pequeña. *Yo soy fucked up. Yo soy fucked up.*

Und es ging ja hier nicht nur um Solveigh, sondern auch um Jago und ihn selbst. Georg musste sein Leben ganz neu ausrichten. Jago brauchte bald niemanden mehr, der ihn begleitete.

Alle halbe Stunde erkundigte er sich bei Jago per Textnachricht, ob er gut im Hotel angekommen sei, ob er sich sicher fühle, ob er genug zu essen habe, ob er etwas brauche – worauf Jago jeweils mit Smileys antwortete. Mit jedem weiteren Bier nahm sich Georg vor, sich nicht völlig gehen zu lassen - doch es kam anders.

# Freitag

## 21

Georg erwachte mit hämmernden Kopfschmerzen. Bewegen konnte er sich nicht. Auch die Augen musste er geschlossen halten. Er hörte leises Rascheln. Das war Jago. Aus den Augenwinkeln sah Georg, dass sein Neffe geduscht hatte und sich Trainingssachen anzog. Georg blieb reglos liegen, und erst als Jago das Zimmer verließ, schaute er auf die Uhr. Er konnte nur wenige Stunden geschlafen haben. Wie er zurück ins Hotel gekommen war, wusste er nicht mehr. Das Letzte, woran er sich erinnerte, war die Zigarette, die ihm ein Mann im Hof hinter der Bar angeboten hatte. Er zwang sich aufzustehen, sich die Zähne zu putzen, ein nasses Handtuch auf sein Gesicht zu legen. Als er sah, dass an seinem Bett eine große Flasche Wasser stand und daneben ein Streifen Ibuprofen lag, hielt er inne. Jago hatte ihm noch nie etwas ans Bett gestellt.

Georg blickte auf die Flasche. Nur wenige Tage zuvor war da noch der gemeinsame Alltag in Eindhoven gewesen. Er hatte Wäsche gewaschen, Vokabeln mit ihm geübt, Hausaufgaben kontrolliert, den Kühlschrank aufgefüllt ... Ob Jago das Gefühl hatte, ihm etwas zurückgeben zu müssen für all die Mühen, die er auf sich genommen, die Zeit, die er investiert hatte? Georg wusste nicht, ob Jago in solchen Kategorien dachte, aber er hoffte, dass Jago das nicht tat. Für Georg war ihre Beziehung kein Rechenspiel. Er wollte nichts zurückbekommen. Gar nichts. Er würde noch viel, viel mehr opfern für Jago, alles. Er nahm das Wasser und trank. Tränen liefen über sein Gesicht. – Wenn Solveigh eines Tages erfuhr, was für ein Mensch Georg war, was er bereit war, für andere auf sich zu nehmen, würde sie begreifen, was sie verpasst hatte. Sie würde trauern. Eines Tages.

Da es im Estrella kein Frühstück gab, ging Georg zu einem Lebensmittelladen an der nächsten Ecke. Er brauchte Salzstangen oder einen trockenen Bagel, und als er zwischen den Regalen stand, wurde er plötzlich auf Deutsch angesprochen:
„Können Sie mir sagen, wo ich die Wiener Schnitzel finde?“ – In seiner Verwirrung dachte er zuerst an den Mann mit der Marca, aber es war Jago. Sie schauten sich erstaunt an und lachten.
„Danke.“
„Wofür?“
„Für das Wasser.“
Jago lächelte: „Gerne.“
„Und? Bist du wieder beim Basketball?“, und weil Jago nickte, fuhr Georg fort:
„Dann komme ich nachher kurz vorbei, wenn ich wieder am Start bin.“
„Ja. Vielleicht wäre das gut.“

*Vielleicht wäre das gut.* – Jagos Antwort klang merkwürdig in Georgs derangiertem Kopf, aber sie kauften beide weiter ein, jeder für sich. Von außen gesehen wie Fremde, dabei waren sie die am engsten verbundenen Menschen, die sich denken ließen.

Während Jago Bananen abwog und die Inhaltsstoffe und Nutrition Facts einer Nussmischung las, erschien er Georg wie ein selbstbewusster, selbstständiger junger Mensch. Er ging davon aus, dass er spüren würde, wenn etwas geschah, das er wissen musste. Jetzt hieß es, ein paar Tage zur Ruhe kommen. Jago Raum geben, und sich selbst Raum nehmen – so wie sie es verabredet hatten. Er würde die Sache mit Solveigh abhaken, und bald würden sie gemeinsam entscheiden, wann sie Miami verließen.

Und mit der Gewissheit, dass zwischen ihm und Jago alles in Ordnung war, wartete Georg an der Kasse und zahlte für sie beide.

Bei der Verabschiedung vor dem Laden fiel ihm der Blick seines Neffen auf. Seine blaugrauen Augen lagen wie zwei glatt geschliffene Steine ungerührt in seinem Gesicht. Es schien Georg, als wären sie noch heller geworden, als wäre die Wärme aus ihnen gewichen. Ihren matten Glanz hatten sie zwar nicht verloren, doch auch er hatte sich verändert. Als läge eine Membran auf seinen Augen – wie eine Panzerung. Und als das Licht nun schräg gegen Jagos Wangen fiel, irritierte Georg noch etwas anders. Er hatte den Eindruck, dass dort ein Schatten lag. Waren das Bartstoppeln?

# 22

An diesem Vormittag befanden sich nur wenige Menschen im Park. Eine Gruppe Touristen stand vor einem Denkmalsockel um ihren Guide herum – eng beieinander wie eine ängstliche Herde – und lauschte in ihre Kopfhörer hinein. Beim Basketball wurde nur eines von drei Feldern bespielt. Georg ging es allmählich besser. Er setzte sich auf eine Bank und schaute Jago zu. Jago, der unermüdlich Pässe spielte, seine Gegner mit Körpertäuschungen stehen ließ, Körbe warf. Seine physische Unterlegenheit durch Tempo und Unberechenbarkeit wettmachte. Doch Jago schien keinen guten Tag zu haben. Nach all den Jahren konnte Georg das unmittelbar erkennen. Sein Spiel hatte Ecken und Kanten, war nicht so geschmeidig wie sonst, er machte leichte Fehler. Er wirkte wie einer der Spieler, die sich anstrengten und viel liefen, denen anzumerken war, dass sie sich konzentrieren wollten und mussten.

Als Jago sich zu seinem Onkel setzte und etwas trank, achtete Georg auf den Schatten in seinem Gesicht. Doch das diffuse Sonnenlicht im Park machte es schwer, einen vielleicht beginnenden Bartwuchs zu erkennen.
„Wie viel Geld habe ich, wie viel Geld haben *wir* noch?“

Jago schaute ihn frontal an. Georg hatte das Gefühl, dass er ihn in irgendetwas verwickeln wollte. Das hatte er noch nie getan.
„Warum?"
Jago zögerte, dann sagte er:
„Wir brauchen nochmal achttausend Dollar."
„Wie bitte?!" Georg traute seinen Ohren nicht.
„Vielleicht ist der Arzt bald frei. Hier in den Staaten ist alles möglich. Die Nachfrage nach seiner Hormonbehandlung ist da." – Jago sagte das bedeutungsschwer und besserwisserisch, wie Georg fand.
„Nachfrage? So nennst du das?" – So redeten sie normalerweise nie miteinander.
Jago wendete den Kopf; Georg folgte seinem Blick. Ein Mann kam auf ihre Bank zu: Angeles, der Fahrer. Georg erkannte ihn sofort. Er spürte, wie sein Herz zu rasen begann und sein Mund trocken wurde.
Angeles reichte Jago einen Smoothie. Zugleich grüßte er Georg und entschuldigte sich, dass er ihm keinen mitgebracht hatte. Ob er seinen wollte, ob er sich zu ihnen setzen dürfte …
„Nein, vielleicht später", erwiderte Georg. Es klang schroff. Und anstatt das Getränk, das er sich selbst mitgebracht hatte, zu trinken, verabschiedete sich der Fahrer. Doch Jago lief ihm hinterher und die beiden wechselten ein paar Worte. Gaben sich die Hand. Wie Männer, die ein Geschäft abschlossen.
Georg war sprachlos.

„Was war das denn?!“
„Wir haben uns zufällig hier getroffen. Und dann geredet.“
„Worüber?!“ Georg konnte die Erregung in seiner Stimme nicht unterdrücken. Nie hatte er so klingen wollen wie ein Vater, der seinen Sohn ermahnte oder zurechtwies.
„Über Sport, über Fußball. Ist das verboten? Er hat bestätigt, was im Netz verbreitet wird: dass Dr. Euphemian auf Kaution freigekommen ist und nach Guatemala abgeschoben wurde. Dort betreibt sein Bruder eine Klinik.“
Georg musste laut lachen: „Stimmt das?“, und nach einer quälend langen Pause fuhr Georg fort: „Guatemala? Dafür soll das Geld sein? Geht's noch!“
Er wollte nicht spöttisch oder herablassend sein, aber er konnte Jagos verblendete Ideen nicht ernst nehmen.
„Wir finden einen vernünftigen Weg. Es wird irgendeine Alternative geben. Dieser Angeles und Guatemala – das ist total absurd! Der Fahrer, der uns davor gewarnt hat, dass der Arzt verhaftet wird, will uns jetzt zu genau diesem Arzt und seinem Bruder irgendwohin in die hinterste Pampa bringen? Das ergibt keinen Sinn“, Georg sprach laut und hart. Er wurde zornig: „Und da ist Bürgerkrieg!“
„Angeles hat uns nicht vor der Verhaftung gewarnt. Er meinte, er wurde dazu gedrängt, uns

später zu dem Termin zu bringen. Er wusste selbst nicht, was passieren würde."

„*Angeles*", sagte Georg verächtlich. „Ist das überhaupt sein richtiger Name? Und Achttausend braucht er, um dich in diese illegale Klinik zu bringen?"

„Nein. Zweitausend sind für die Visa, damit wir sie sofort bekommen und morgen fliegen können. Und sechstausend für die Fortsetzung der Behandlung bei Dr. Euphemian. Angeles hat das alles organisiert. Er hilft uns."

Als Georg vor Unruhe aufstehen musste und fassungslos den Kopf schüttelte, lehnte sich Jago zurück. Georg sah, dass die Lippen seines Neffen zitterten und sein Kiefer sich hin und her bewegte. Seine Schultern fielen nach vorn. Dann stütze sich Jago auf seine Knie und begann hemmungslos zu weinen, vergrub sein Gesicht in den Händen. Seine Beine schlenkerten vor und zurück, er erreichte mit seinen Füßen nicht den Boden. Und dann platze es aus ihm heraus:

„Wir wollten es zusammen versuchen. – Es kam etwas dazwischen. Jetzt versuchen wir es nochmal. Beim selben Arzt. – Nur weil er ins Ausland muss, müssen wir uns nicht abbringen lassen von etwas, wofür wir uns schon längst entschieden haben. Ich brauche dich. Du musst mir helfen! Guatemala ist ein Land wie jedes andere auch!"

Georg setzte sich zurück auf die Bank, neben ihn, legte den Arm um seine Schultern. Er hatte ihn seit einer Ewigkeit nicht mehr weinen gesehen – es brach ihm das Herz. Aber er trug die Verantwortung, er war der Erwachsene, der unter allen Umständen bei klarem Verstand bleiben musste.

„Dieser Euphemian, das ist ein Dopingarzt, der wurde nicht umsonst verhaftet. Er muss viel illegaler gearbeitet haben, als wir dachten. Und wie willst du Isa und Frederik diesen Trip erklären? Das ist Kindesentführung, wenn ich ohne ihr Einverständnis mit dir dahin fliege."

„Nein. Der hat auch legale Sachen gemacht. Eine Hormonbehandlung für mich, das ist gar kein Doping!"

Jago sprang auf, starrte ihn an und schrie:

„Glaubst du noch an mich oder hast du mich auch schon aufgegeben? Es gibt keine Alternative! Das oder nichts", Jago griff seinen Onkel an der Schulter. Georg war gezwungen, etwas zu erwidern:

„Wir müssen ruhig nachdenken. Du musst ... Du musst dich an den Gedanken gewöhnen, dass ... Und es ist klar, dass dir das wahnsinnig schwerfällt. Mir fällt es ja genauso schwer. Aber. Der Traum ist aus. Es ist vorbei. Du wirst niemals Profi werden."

Jetzt hatte er es gesagt – was er nie hatte sagen wollen. Georg stützte den Kopf in seine Hände und hörte wie Jago davonlief. Als Georg aufschaute, war Jago nicht mehr da.

# 23

Das Hotelzimmer im Estrella war eng und die Atmosphäre gänzlich anders als im Colonnade. Dort konnte er seinem Bedürfnis folgen und barfuß gehen – hier ließ er seine Schuhe lieber an, auch wenn sich seine Füße unerträglich heiß anfühlten. Das Zimmer im Colonnade hatte den Eindruck erweckt, dass es noch nie von einem anderen Gast wirklich benutzt oder belebt worden war. Im Estrella bekam man das Gefühl: Hier haben tatsächlich Menschen gewohnt, sich Schicksale abgespielt, Frauen und Männer mit ihrer Existenz, mit ihren Träumen und ihren Ängsten gehadert. Diese gelebten Leben lagen wie ein übermächtiges Gewicht auf dem Raum und auf Georg.
Ein schwer zu greifender Schmerz füllte ihn aus. Er drehte sein Handy ein paar Mal in der Hand. Dann schaute er sich die Homepage der Klinik in Guatemala City an; sie sah nicht anders aus als die der Klinik hier in Miami oder die der Praxen in Europa. Er scrollte durch die Bilder der Ärztinnen und Ärzte, und als er auf ein Foto des französischen Arztes stieß, beruhigte es ihn, obwohl das keinen Sinn ergab. Er recherchierte weiter: Auf der Seite des Auswärtigen Amtes gab es keine Reisewarnung. In Guatemala war kein Bürgerkrieg. Was das betraf, hatte er sich geirrt. Anschließend suchte er nach den Preisen für Express-Visa. In den Agenturen

rangierten sie für EU-Bürger zwischen 300 und 400 US-Dollar, im Konsulat kosteten sie offiziell 250. Die Erteilung nahm jedoch drei Werktage in Anspruch. Diese Zeit hatten sie nicht. Georg schmiss das Handy aufs Bett, machte dreißig Liegestütze, trank einen halben Liter Wasser, presste sich eine Zitrone aus. Im Hof fütterte die Besitzerin des Hotels unter großem Getöse eine schier unübersehbare Zahl von Katzen. – Jago ging also lieber in den Abgrund, ins Ungewisse, mitten hinein ins Unvorhersehbare, als ein anderes, ein normales Leben überhaupt in Betracht zu ziehen. Dabei existierte so ein anderes Leben! Jago würde es finden, sie beide würden es gemeinsam finden.

Georg hielt sein Handy in der Hand. „Mein Leben ist nicht mehr mein Leben. Mein Leben ist sein Leben", sagte er leise in das Zimmer hinein. Wieder kam es Georg so vor, als seien sie eine Person. Ihre Gedanken- und Gefühlswelten, ihr Wünschen und Sehnen untrennbar miteinander verbunden. Dann dachte er an Berlin. Versuchte sich vorzustellen, wie Isa das konkret umsetzen wollte: *Jagos Zimmer freiräumen und neu einrichten ...* Er selbst hatte vor zwei Jahren seine eigene Wohnung leergeräumt und untervermietet. Den Kontakt zu den meisten Freunden einschlafen lassen. Vielleicht hatte Isa Recht. Zurück nach Deutschland und alles auf null. Neu beginnen.

Aber was erwartete ihn? In den letzten beiden Jahren hatte er nicht viel anderes getan, als sich um Jago zu kümmern. Welches neue Leben würde er sich suchen müssen?
Er setzte sich auf den abgenutzten Teppich, lehnte am Bett, tippte *Guatemala* in seine Suchmaschine und betrachtete die Bilder von einem Vulkan, von Maya-Tempeln, von Kolonialgebäuden in sonnigen, quirligen Städten. Von Regenwäldern, Wasserfällen und Seen. Er überflog auch die Namen der Vereine, die in der ersten und zweiten Liga dieses Landes spielten. Es war doch sinnlos, sich Illusionen zu machen oder die Realität zu verdrängen: Professioneller Sport erforderte enorme Risikobereitschaft, man gefährdete permanent die körperliche Unversehrtheit, beutete in jedem Fall seinen Körper über Jahre gnadenlos aus, zerstörte ihn in vielen Fällen. Kein Profisportler, keine Profisportlerin, die nicht spätestens ab dreißig mit chronischen Schmerzen herumlief. – Wie viele Gerüchte und Geschichten kursierten in Eindhoven und Berlin, die bestätigten, dass etliche junge Sportler mit Doping experimentierten oder sich verbotene Präparate beschafften. Oder gezielt in Länder reisten, in denen andere Regeln galten: China, Dubai, Ägypten. Wahrscheinlich hatte Jago recht. Sie hatten noch lange nicht alles versucht.

Georg nahm seine Gürteltasche, ging hinunter zu den Mülltonnen, steckte sich eine Zigarette an und öffnete die Seite der Fluglinie Avianca, ließ das Handy jedoch wieder sinken. Minutenlang starrte er die Straße hinunter.

„Dann ist es so", sagte er halblaut zu sich selbst und antwortete Jago auf seine Textnachrichten:

*17 Uhr. Okay. – Ich buche die Flüge. Wo genau treffen wir uns?*

Als er sie abgesendet hatte, bemerkte er, dass ein Mann hinter einem Container lag. Georg erstarrte. War er tot?! Er näherte sich ihm, griff ihn vorsichtig an der Schulter. Der Obdachlose reagierte nicht auf Georgs Berührung; doch er schien ruhig zu atmen. Das wollte Georg erkennen, das war ihm wichtig: dass er noch atmete. Nur das.

## 24

Das Dreams Pequeña war kleiner und dunkler, als er es in Erinnerung hatte, und erschien ihm wie der ideale Ort, um den Nachmittag zu verbringen und nachzudenken, bevor er Jago traf. Doch als Georg die Bar betrat, hatte er das Gefühl, dass er erwartet wurde. Gascoigne – der Barkeeper – schaute in seine Richtung und grüßte mit einem knappen Nicken. Auch zwei anderen Gäste schauten ihn kurz an. Der eine wohlwollend und defensiv, der andere neugierig. Auf dem Bildschirm lief ein französisches Liga-Spiel. FC Nantes gegen Le Havre.

Als Gascoigne ihm unaufgefordert ein eiskaltes Glas Tonic servierte, spürte Georg, dass da irgendeine Verbindung war, und Sympathie. Ganz offensichtlich hatte er sich am Abend zuvor derart volllaufen lassen, dass der Barkeeper es für angebracht hielt, es langsam angehen zu lassen. Zugleich musste Georg irgendetwas gesagt oder getan haben, das dieses, wie er fand, Wohlwollen hervorrief. Nur was?

Als er am Fenstertisch saß und sich umschaute, kamen die Erinnerungen, auf die er liebend gerne verzichtet hätte. Er hatte sich betrunken, hatte ferngesehen, war verzweifelt gewesen, hatte sich lange mit einem Mann unterhalten. Georg sah diesen anderen vor sich, der ihn im Hinterhof mit Zigaretten versorgt hatte. Es berührte ihn, dass er den Leuten nicht völlig egal zu sein schien.

Doch wer war dieser Mann? Alberto, ja, so hieß er, nun fiel es ihm ein. Ein Argentinier, der seit ein paar Monaten in Florida lebte. Der Mann mit der *Marca*, der ihn vorgestern in gebrochenem Deutsch um den Zucker gebeten hatte.

Georg blickte sich um. Mit jeder Erinnerung, die wie Tageslicht in sein getrübtes Bewusstsein fiel, kamen weitere. So als würde er eine lange Leine, an der dutzende Haken hingen, aus dem Meer ziehen, Meter für Meter, und an jedem Haken hing ein Fisch – einer größer und abschreckender als der andere. Hatte er diesem Fremden etwa sein gesamtes Leben erzählt? Alles von Jago? Alles von sich selbst? Ihm lief ein Schauer über den Rücken. Dieser Alberto war auffällig interessiert an ihrer Geschichte. Hatte er sich nicht als Journalist vorgestellt, der ein Buch über Messi oder Inter Miami geschrieben hatte? Oder noch schreiben wollte? Georg schaute zur Bar, zu Gascoigne und zu den anderen Gästen. Tuschelten die über ihn? Er hatte das Bedürfnis, auf einem anderen Platz zu sitzen, nicht mehr dort, wo er vermutlich die ganze Nacht lang gesessen hatte.

Als die Tür aufging und jemand die Bar betrat, war ihm sofort klar, dass es sich um Alberto handelte. Er hatte ihn groß in Erinnerung, aber als er nun auf ihn zukam, ihn anschaute und zwei Zeitungen vor ihn auf den Tisch legte, fiel ihm auf, dass nur der Kopf und das Gesicht groß waren. Ansonsten war er höchstens 1,65. Er schaute Georg an und nickte ihm gelassen zu, wie ein alter Freund. So als würden sie sich seit zwanzig Jahren kennen und hätten sich erst vor fünf Minuten getrennt:
„Hallo Georg! How are you.“

# 25

Alberto war etwas älter als Georg, ungefähr in Isas Alter, trug ein dunkelblaues Hemd und hatte ein schwarzes Tuch um den Hals. Seine Brille war ziemlich zerkratzt, aber dahinter schimmerten seine Augen wie die eines Wolfs – aufmerksam, blaugrau und hell. Sein Blick hatte etwas Drängendes und zugleich Freundliches. Der matte Glanz darin erinnerte ihn entfernt an Jago.

Georg hatte diesen Mann nicht auf Anhieb gemocht. Seine Distanzlosigkeit stand in starkem Kontrast zu seinem intellektuellen Auftritt.

„Wo ist dein Neffe? Du wolltest ihn mir vorstellen."

„Oh, wirklich? Ich habe viel zu viel getrunken."

„In dieser durchtrainierten Stadt begegnet man selten jemandem, mit dem man über Fußball reden kann", er schaute Georg belustigt an. „Entschuldige, das ist sicher unangemessen in deiner Situation. Aber wir haben die ganze Nacht geredet, bis morgens um vier. Ich weiß jetzt ziemlich viel von dir, von Solveigh und Nils, vom PSV, von Isa. Natürlich von Jago. Kein Satz, den du gesprochen hast, hat mich gelangweilt", Alberto machte eine Pause.

„Ich habe mir heute früh Videos von deinem Neffen auf Youtube angesehen. Du und Jago, ihr dürft den Glauben nicht verlieren. Vor allem *du* darfst ihn nicht verlieren, das bist du ihm schuldig. Auch wenn du am Ende deiner Kräfte bist. Ihr seid mitten in einem Kampf. Fußball ist Kampf. Fußball ist aber auch Glaube und Schönheit. Menotti hat mal gesagt, dass Fußball ein Spiel der Freiheit, der Visionen und Gefühle ist. Von Tragödie kann noch lange keine Rede sein, verstehst du das? Niemand weiß, was passieren wird. Vielleicht macht Jago nächstes Jahr von allein zehn Zentimeter. Weißt du was ich meine?“, er schaute Georg eindringlich an. „Erinnerst du dich überhaupt an irgendwas von dem, was ich dir erzählt habe?“, er lachte.

„Undeutlich. Du bist der Bruder oder Cousin von ...“

„Von Óscar Istura. Das ist mein Cousin. Er spielt bei Inter. Wenn er hier nicht gelandet wäre, wäre ich niemals in Miami. Ich arbeite an einem Buch über Spieler aus der zweiten und dritten Reihe, die wie Nomaden durch die Ligen der Welt ziehen, zusammen mit ihren Vätern, Frauen, Kindern, Brüdern und anderen Verwandten. Óscar ist einer davon. Ich bin seit mehr als fünfundzwanzig Jahren mit Fußball in Südamerika und Europa beschäftigt, habe meinen Cousin in den letzten Jahren auf allen seinen Stationen begleitet. Das Leben, das du auch kennst. – Übrigens, morgen Nachmittag ist eine Veranstaltung von einem Sponsor. Ich weiß von Óscar, dass Messis Bruder mit dem CEO befreundet ist, und dass die

beiden viel mit Messis Stiftung zu tun haben. Das heißt immer, dass auch Messi morgen dort sein *könnte.*"
Er lehnte sich zurück. „Das sind keine Freundschaften, das weißt du selbst. Es sind Kontakte. Du musst wissen, Messi ist nicht wirklich glücklich in Miami. Ich meine, in dieser Situation ist er offen für Abwechslung, für Geschichten wie die von Jago. Und wenn Argentinien darin vorkommt, um so besser. Und bei Rosario öffnet sich normalerweise die Tür. Man muss das versuchen. In dieser Stadt ist alles möglich. Hast du nicht gesagt, dass Jagos Vater irgendwas mit Rosario zu tun hatte? Ich könnte auf jeden Fall versuchen, euch zuerst mal Messis Bruder vorzustellen. Das ist eine reale Möglichkeit für euch", sagte er sehr ernst.

Georg schaute auf seine Uhr. Er hatte noch zwei Stunden bis zu dem Treffen mit Jago. Er war in diese Bar gegangen, um eine Weile auszuruhen, und dann kam dieser Alberto und redete und redete. Das war wie ein Überfall. Messi, Messis Bruder, Inter Miami ... so greifbar das klang, so albern und bizarr war es. Und ohne dass Georg es kontrollieren konnte, musste er sich wegdrehen und laut lachen. Zugleich sah er am Rand seines Gesichtsfelds grelle Flecken. Knallte er jetzt durch vor Stress und Irrsinn? Er fuhr hoch, sein Stuhl kippte zu Boden, er drehte sich zum Fenster, fixierte willkürlich ein

Auto, das draußen parkte. Er versuchte, Normalität in seiner Wahrnehmung und in seinem Verhalten herzustellen, und starrte auf die Räder und die Felgen, dann auf ein Straßenschild. So fing er sich allmählich wieder, hob den Stuhl auf, schob ihn unter den Tisch und verabschiedete sich. Er konnte diesem Alberto nicht mehr zuhören und ihn auch nicht mehr ansehen. *Das ist eine reale Möglichkeit.*

Als Georg die Bar verließ, rief Alberto ihm hinterher: „Bring Jago mit! Ich würde ihn gerne kennenlernen. Morgen Mittag hole ich euch hier ab. Wir gehen zu dieser Veranstaltung. Einverstanden? Oder nicht?“

## 26

Georg hatte das Geld in zwei verschiedenen Banken abgeholt und fuhr mit der Metro zur Douglas Road und von dort weiter mit dem Bus. Er traf Jago an der Ecke Ponce de Leon und Phoenetia Avenue. Sie begrüßten sich mit einem kurzen Blick. Dann liefen sie los. An ihrem blinden Verständnis würde sich niemals etwas ändern.

Als das guatemaltekische Konsulat in Sicht kam, wurde Jago schneller. Georg musste ein Stück rennen, um mit seinem Neffen Schritt zu halten. Es kam ihm vor, als wollte Jago mit diesem Tempo

verhindern, dass wieder Zweifel aufkamen, Zweifel an Angeles, Zweifel an Guatemala, Zweifel an dem Irrsinn.
Kurz vor dem Treffpunkt griff er seinen Neffen an der Schulter und stoppte ihn. Jago drehte sich ruckartig um: „Was?!"
Sie schauten sich einen langen Augenblick an.
„Ich habe einen Journalisten kennengelernt", sagte Georg. „Den Cousin eines Spielers von Inter Miami. Das meinte er jedenfalls."
„Okay. Ja, und?"
Georg wollte weiter sprechen, aber er schwieg, weil es ihm so lächerlich vorkam. Dann sagte er es doch: „Der kann einen Kontakt zu Messis Bruder und Messis Stiftung herstellen."
Jago kniff die Augen zusammen, schien zu überlegen, drehte sich dann weg, lief weiter, beobachtete den Verkehr und überquerte die Straße. – Georg folgte ihm.

Das Restaurant, in das sie sich wie vereinbart setzten, lag gegenüber des Konsulats, das in einem schmucklosen, cremefarbenen Gebäude untergebracht war. Davor standen zwei Polizisten im Schatten eines Wachhäuschens. Beide schenkten den ungefähr zwanzig in einer Schlange wartenden Menschen keinerlei Beachtung.
Als die beiden Deutschen etwas bestellten, tauchte Angeles auf. Er begrüßte sie und setzte sich zu ihnen.

Er wirkte nicht nervös, schaute sich aber um. Georg versuchte, so gut es ging auf sein Bauchgefühl zu achten. Er war müde, konfus, überfordert, bekam sich nicht in den Griff. Er ermahnte sich, wachsam zu bleiben, zu zweifeln, zu misstrauen, *nachzudenken*, zu *verstehen*! Möglichst genau beobachtete er auch Jago, der fokussiert wirkte wie immer, als ginge es darum, eine Laufeinheit in seinem Trainingsplan zu absolvieren. Und obwohl er das nicht wollte, gewann Georg den Eindruck, dass dieser Angeles jemand war, der ihnen tatsächlich helfen wollte.

„Habt ihr Hin- und Rückflug gebucht? Ohne Tickets bekommen wir das Visum nicht. Und habt ihr schon nach einem Hotel in Guate geschaut?"
Jago nickte.
„Ich habe mit meinem Kontakt gesprochen. Wenn er mich sieht, kommt er raus und bringt mich rein. Es ist besser, wenn ihr mir die Tickets, das Geld und eure Pässe hier gebt. Jede Form des Geschäfts ist vor dem Konsulat verboten."
Georg blickte Jago an und schüttelte den Kopf.
„Von den Pässen war keine Rede!", sagte er.
„Wie soll er uns sonst die Visa beschaffen?", entgegnete Jago ihm kühl.
„Ich gebe meinen Pass niemals ab. Ich bin nicht wahnsinnig."
Jago stand auf, und bat seinen Onkel mit ihm in den Durchgang zu gehen, der zu den Toiletten führte.

„Georg. Wir konnten ihm schon einmal vertrauen. Er hat uns vor der Verhaftung bewahrt. Und ich habe im Netz genau recherchiert. Der Arzt wurde nach Guatemala abgeschoben, dort ist das alles legal. Das ist alles safe."
Georg blickte seinen Neffen ungerührt an.
„Das ist ein Flug von nur drei Stunden", fuhr Jago fort. „Jetzt sind nur noch die Visa das Problem. Nur er kann sie so schnell besorgen. Er stellt auch den Kontakt zu Euphemian her. Das Risiko hält sich in Grenzen."
In diesem Moment kam Angeles zu ihnen. Er näherte sich vorsichtig und sagte laut und deutlich, wie jemand, der beweisen wollte, dass er nichts Illegales im Sinn hatte:
„Wartet! Ich habe meinen Kontakt informiert. Ich mache Fotos von euren Pässen, das reicht. Wenn die Visa ausgestellt sind, geht ihr ins Konsulat und bekommt sie am Empfang ausgehändigt. Bei Gott", Angeles legte sein flache Hand auf sein Herz, „ich verstehe dich, Georg, aber ihr könnt mir vertrauen."
Georg schaute Angeles an. Jago nickte. Und dann griff Georg mit unsicheren, kantigen Bewegungen nach seiner Gürteltasche, die er unter seiner Jacke trug. Er öffnete den Reißverschluss und nahm die Umschläge mit dem Geld heraus, legte die Ausdrucke der Tickets dazu und gab sie Angeles. Als dieser ihre Pässe mit seinem Handy fotografiert hatte und

das Restaurant verließ, sahen die beiden Deutschen, wie er vor dem Konsulat von einem Mann begrüßt wurde und im Inneren des Gebäudes verschwand.

## 27

Es war spät abends, als sie sich dem Estrella näherten und Georg ein Polizeiauto entdeckte, das vor dem Hotel parkte. Er sah zwei Polizistinnen, die an dem Einsatzfahrzeug lehnten und sich mit einer alten Frau in einem roten Kleid unterhielten. Diese zeigte die Straße hinunter, worauf die Beamtinnen nicht reagierten, sondern stehen blieben und ihr zuhörten.
Konnte es sein, dass die Polizei nach ihnen suchte? Als Zeugen? Waren die Handyfotos ihrer Pässe gefunden worden? Oder hielt sich die Polizei dort aus einem völlig anderen Grund auf?
Ohne ein Wort zu sprechen, drehten sich Georg und Jago um und gingen in die entgegengesetzte Richtung. Sie liefen zu dem Laden beim Park, setzten sich davor auf Stühle. Georg hatte das Bedürfnis, die Augen zu schließen, im Erdboden zu versinken, nie wieder ein Wort zu sprechen – aber er ließ seine Augen bewusst offen und fixierte einen Punkt: den Basketballkorb, in den hin und wieder Basketbälle fielen, grell erleuchtet von Flutlicht, weit entfernt.

Dann ballte er die Fäuste, als könnte er so Leben und Kraft zurück in seinen Körper zwingen.

Insgesamt vier Stunden hatten sie im Restaurant und vor dem Konsulat gewartet – auf Angeles oder auf eine andere Person, die ihnen die Visa aushändigen würde. Über Stunden geschah nichts, bis drei Polizeiautos und eine große Limousine vorfuhren, rund ein Dutzend Uniformierte ausstiegen und Angeles, der vom bewaffneten Sicherheitsdienst aus dem Konsulatsgebäude geführt wurde, wegbrachten.

Georg wurde im Laufe dieses Abends von einer sonderbaren Stimmung erfasst. Er versuchte, sich wieder und wieder zu sagen: Uns ist nichts geschehen, wir haben nur Geld verloren … und unseren Verstand. Zugleich fühlte er sich wie ein Ballon – leicht und leer. Ein Nadelstich würde genügen und es war zu Ende. Oder er würde aufsteigen ins Nichts, hoch in die Stratosphäre, vom Wind in die eine oder andere Richtung getrieben. Weggetrieben, ins Nichts, in den Tod. Weiter und weiter. Dieses Gefühl war nicht gut. Er fehlte nicht viel und er hätte gelacht.

Später kauften Georg und Jago sich Cheeseburger. Aber Georg konnte seinen nicht essen, obwohl er den ganzen Tag fast nichts zu sich genommen hatte. Als sie den Imbiss verließen, beobachtete Georg

wie Jago in einen Apfel biss und das abgenagte Gehäuse in einen Mülleimer legte. Er achtet nicht mehr auf die Augen seines Neffen oder den Bartwuchs. Er fühlte keine Wut, keinen Zorn; er fühlte auch kein Mitleid mit ihm. Er war froh, dass sie kein Flugzeug nach Guatemala besteigen würden, und als sie zu ihrem Hotel gingen, fragte Jago zielgerichtet und mit großem Ernst – einem Ernst, der wie in Stein gemeißelt war, was Georg nicht erschreckte und auch nicht belustigte:
„Was ist mit diesem Journalisten? Dem Cousin des Profis, von dem du erzählt hast? Und der Kontakt zu Messi hat?“
Nie hatte er sich seinem Neffen so fern gefühlt.

# Samstag

## 28

Als sie in der Pirate Lane ankamen, wischte der Barkeeper draußen die Stühle und Tische ab. Er bemerkte die beiden Deutschen, und während er sie begrüßte, lag sein Blick auf Jago.
„Ich soll euch von diesem Argentinier grüßen. Der war vorhin da. Hat nach euch gefragt."
„Wir sind lose mit ihm verabredet."
„Verabredet?", Gascoigne lachte. „Ich glaube, die sicherste Methode, dem aus dem Weg zu gehen, ist, sich mit ihm zu verabreden. Er wird heute bestimmt nicht mehr auftauchen. Würde mich wundern."

Gascoigne brachte Georg einen Kaffee und Jago ein Glas Wasser:
„Du spielst beim PSV?"
Jago nickte und Gascoigne sagte: „Glückwunsch!"
„Was ist dran an dieser Geschichte? Ist das ein Argentinier? Spielt sein Cousin wirklich bei Inter Miami?", fragte Jago ihn.
„Du meinst Alberto? Er kommt seit ein paar Monaten her, aber ich habe mich noch nie wirklich mit ihm unterhalten. Dass er so tief im Fußball steckt, wusste ich nicht", er drehte sich zu Georg. „Du bist

der Erste, mit dem er länger geredet hat. Jetzt weiß ich, dass man betrunken sein muss, um die Stufe zu ihm hochsteigen zu können. Er ist ein arroganter Typ. Würde mich nicht wundern, wenn sein Cousin beim Beckham-Franchise spielt."

„Wenn Sie ihn gar nicht kennen, können Sie nichts Negatives über ihn sagen", erwiderte Jago. Gascoigne schaute ihn an: „Das ganze Dreams Pequeña fühlt mit euch, jeder in der Bar kennt eure Geschichte. Lasst euch nicht unterkriegen. Vorbei ist es erst, wenn es vorbei ist. Aber es ist gut, wenn man erkennt, wann es vorbei ist." Niemand sagte mehr ein Wort. Gascoigne ging zurück in die Bar.

Die Straßen waren auffällig leer und still an diesem Tag. Nur alle paar Minuten fuhr ein Auto durch die Pirate Lane. Georg fragte sich, ob es ein Feiertag war, aber er sprach niemanden darauf an und legte sein Handy zur Seite. Er wusste, dass er das letzte Mal in dieser Bar saß. Er wusste, dass er Alberto nie wiedersehen würde. Genau wie diesen Angeles. Die Homepage der Klinik in Guatemala konnte er nicht mehr aufrufen, sie war gesperrt, und anders als im Fall von Euphemian gab es über Angeles´ Verhaftung keine Berichte im Netz.

Miami hatte ihnen kein Glück gebracht, sie waren betrogen worden, sie hatten Fehler gemacht. Es war Zeit. Zeit, zurückzukehren. Doch als Jago bei Gascoigne ein weiteres Wasser bestellte, sah Georg, wie aufrecht und aufmerksam sein Neffe dort saß, wie er die Straße und den Bürgersteig im Blick behielt. Hatte er immer noch nicht aufgegeben? Begriff er es nicht? Georg nahm sein Handy, schrieb Isa ein paar Zeilen und beendete die Nachricht mit der Formel *Bis bald, liebe Grüße, dein Georg*

## 29

Wegen einer Beerdigung schloss Gascoigne das Dreams Pequeña schon am Nachmittag, und Jago und Georg blieben vor der Bar sitzen. Zuerst auf der Fensterbank, später auf dem Bürgersteig.

Wenn sich Jago nicht nach allen Seiten umsah, schaute er konzentriert auf sein Handy. Er ging die Auswertungen der Trainingsergebnisse vom PSV durch, schaute sich auch den Chat der Trainer und Betreuer auf WhatsApp an.

„Hast du etwas von Scholz gehört? Er hat sonst immer sofort mit Smileys auf meine Ergebnisse reagiert."

Georg schüttelte den Kopf.

„Oder von Nils und seiner Mutter? Hast du etwas von irgendjemandem aus Eindhoven gehört?", fragte Jago und blickte auf sein Handy.

Einmal schlich eine Frau auf sie zu und an ihnen vorbei, die eine durchsichtige Plastiktüte mit hunderten Getränkedosen hinter sich her zog. Dann war da niemand mehr. Georgs Kopf war leer, ohne Gedanken, ohne Gefühle, ohne Erinnerungen und Hoffnung. Er hätte gerne Bier getrunken.
„Wusstest du", fragte Jago, „dass Messi eine Stiftung für Kinder hat? Und er ist UNICEF-Botschafter."
*Und er hat zig Millionen Euro Steuern hinterzogen*, dachte Georg, schwieg jedoch.
„Vielleicht kommt direkt Messis Bruder mit einem Ferrari", sagte Jago ohne vom Handy aufzuschauen. Georg sah ein Grinsen. Sarkasmus war etwas, das er noch nie an seinem Neffen wahrgenommen hatte. Er verstand ihn nicht.

Es wurde früh dunkel auf dem fünfundzwanzigsten Breitengrad. Georg stand auf, stellte sich mitten auf die Straße, zündete sich eine Zigarette an und sagte: „Komm, wir gehen." Doch Jago reagierte nicht und Georg hatte nicht die Kraft, ihn aufzufordern oder zu bitten. Er starrte eine Weile auf Jagos Gesicht und seine über den Screen wischenden Hände. Endlich steckte er das Handy weg.
„Weißt du, auf dem Hertha-Campus oder in De Herdgang, auf den Fahrten im Auto, im Bus, am Flughafen, immer war da dieses Warten auf das Spiel, auf das Training oder aufs Ankommen. Wir wussten immer, wann es losging. Dann konnte

ich raus aufs Feld und zeigen, was ich kann. Aber hier ... Hast du eigentlich mal mit Isa über meinen Vater geredet?"

Dieser Satz kam aus dem Nichts. Jago hatten ihn noch nie auf dieses Thema angesprochen.

„Sehr selten. Ein paar Mal, aber das ist lange her. Sie macht nur hin und wieder Bemerkungen."

„Was für Bemerkungen?"

„Eher allgemeine, unbestimmte Bemerkungen."

„Was ist das für ein Mann, der seinen Sohn niemals kennenlernen will? – Ist er klein?"

„Ich weiß es nicht. Vermutlich schon. Ja. Und es kann auch sein, dass er gar nicht weiß, dass es dich gibt. Isa hatte nie wieder Kontakt mit ihm."

Georg setzte sich neben Jago auf den Bürgersteig.

„Darf ich mal ziehen?", fragte Jago.

„Nein, lass."

„Lass mich, nur einmal."

Georg reichte Jago die brennende Zigarette, aber sein Neffe inhalierte zu schnell und mit zu weit geöffnetem Mund und musste husten.

„Ich denke oft an ihn in letzter Zeit. Öfter als an Frederik, der ist nur eine Art Bekannter für mich. Du bist hundertmal mehr wie ein Vater", Jago schaute ihn an. „Man macht doch nicht einer Frau ein Kind und taucht dann nie wieder auf? Das passiert nicht oft, oder?"

„Nur Isa und dein Vater wissen, wer was entschieden hat oder nicht entschieden hat. Isa war nur für kurze Zeit in Argentinien. Aber das gibt es, dass man sich für eine Nacht verliebt oder liebt und am nächsten Tag auseinandergeht. Man versteht seinen eigenen Körper, seine eigenen Wünsche manchmal am nächsten Tag nicht mehr. Oder man geht, weil man unsicher ist, weil man den Flug schon gebucht hat, anstatt mutig zu sein, und seiner Intuition und seinen Gefühlen zu folgen."

„Nein. Das verstehe ich nicht. Man versteht seinen Körper ganz genau. Er beherrscht einen, ja, das stimmt, man kann gegen ihn ankämpfen, und zugleich darf man nicht gegen ihn ankämpfen."

„Hat Isa dir nie von ihm erzählt?"

„Nur immer das eine: *Ich war in Argentinien und hab mich verliebt, aber gemerkt, dass das nichts wird. Es war kurz vor meiner Rückkehr.* – Wenn ich an ihn denke, denke ich an einen fremden, großen Mann, einen harten und trotzdem freundlichen Mann, der nur an sich selbst denkt, nie ein Wort sagt. Manchmal träume ich von ihm, wie er auf einem Pferd reitet."

Georg und Jago mussten lachen.

„Auf einem Pferd?"

„Einem schnellen Pferd. – Meine Begabung kann ich doch nur von ihm haben. Isa war richtig gut, aber gehörte nicht zur Leistungsspitze."

Georg bemerkte die Scheinwerfer eines Autos. Es bog langsam in die enge Einbahnstraße. Es war ein Cabrio. Er erkannte das Symbol auf dem Kühlergrill. Es war ein alter BMW. Hellblau.

# 30

„Es gibt eine Planänderung“, sagte Alberto. „Ich fahre euch nicht zu der Veranstaltung von dem Sponsor, sondern zu einem Fußballplatz.“ Er schaute Jago an: „Ich habe deinem Onkel von Messis Bruder – Rodrigo – und der Stiftung erzählt. Ziemlich sicher wird er nicht zu dieser Veranstaltung gehen, das hat mein Cousin bestätigt. Es ist wahrscheinlicher, dass er heute Abend zu einem Fußballplatz in Mondelezza fahren wird.“

Jago setzte sich nach hinten und schnallte sich nicht an, um sich leichter nach vorn lehnen zu können. Ein 3er-BMW aus den Achtzigern war im Verhältnis zu modernen Autos winzig – die Rückbank eher für Zeitungen oder Handtaschen ausgelegt, weniger für Personen. Es war, als klebte sein Neffe am Rücken und an den Lippen des Argentiniers. Und Alberto tat dasselbe: Er schnallte sich auch nicht an, sondern drehte die Schulter ein, um sich besser nach hinten umdrehen zu können, zu Jago, so als wolle er nur zu ihm sprechen.
Georg hatte nicht die geringste Lust, seinen Neffen deswegen zurechtzuweisen. Doch er forderte Jago auf sich anzuschnallen.
„Sie kennen Messis Bruder, stimmt das?“, Jago sprach mit heller, kindlicher Stimme.

„Rodrigo. Ja. Ich bin ihm öfter begegnet. Mein Cousin spielt bei Inter Miami. Da ergibt sich so was von selbst."
„Und haben Sie auch schon mal mit Messi persönlich geredet?"
„Ein paar Worte gewechselt. Ja."
Georg wartete darauf, dass Jago weiter fragte, aber niemand sagte mehr etwas. Sie schwiegen, und es war ein merkwürdiges Schweigen – voller Spannung, voller Erwartung. Alberto drehte sich zu Jago um. Georg erschrak. Es war der vorsichtige Blick zwischen den beiden. Wie ein Wiedererkennen. Überraschung, Einverständnis. Verbindung. – Georg wollte sich so zu Jago drehen, dass er ihm näher war, wie um ihn vor diesem Fremden zu beschützen oder ihn zurückzuhalten, aber zugleich wandte sich Jago von ihm ab und diesem anderen zu.

Als sie die Pirate Lane verließen und sich – mit offenem Verdeck – in den Verkehr der Brickell Avenue einordneten, tauchen sie ein in den Lärm der Stadt. Doch Georg spürte, dass das tiefe Schweigen zwischen Jago und Alberto alles beherrschte. Er musste diese Stille durchbrechen indem er sagte: „Wo genau fahren wir hin?"
Nur, Alberto schien ihn gar nicht gehört zu haben. „Ich habe Hunger", sagte er zu Jago, „Da vorn gibt es ein gutes Takeaway. Ich hole was zu essen."

Der Mann hielt vor einem Bistro und kehrte kurz darauf mit einem Sandwich zurück. – Jago und Georg hatte er nicht gefragt, ob sie etwas wollten.

Während sie durch Downtown fuhren, in Richtung Norden, zerknüllte Alberto das Papier, in dem das Sandwich eingewickelt war, und warf es in den Fußraum des Beifahrersitzes, zwischen Georgs Beine. „Wisst Ihr, Messi ist nicht wirklich glücklich hier in der Major League. Ich meine, das machen sie alle, wenn sie alt werden: Benzema und Neymar sind nach Saudi-Arabien gegangen, Kaká kam hierher in die Staaten, Mascherano, Drogba, Witsel, Hulk und Eder waren alle in China. Ich gehe zu jedem Heimspiel von Inter. Leo hat noch seine Momente, zweifellos. Ein Genie verliert das nicht, aber im Juni wird er achtunddreißig! Er ist unbeweglicher geworden. Wird schnell emotional. Er macht sich nicht mehr die Mühe, es unter Kontrolle zu kriegen. Und habt ihr seine Augen gesehen? Dass er Drogen nimmt, ist ausgeschlossen, also muss er Schlafstörungen haben. Ich sehe so etwas. Ich beobachte Fußballer mein Leben lang. Das ist das Einzige, was ich kann“, er lachte. „Jago, hast du seine Augen gesehen?“, Alberto drehte sich, während er fuhr, kurz zu Jago um und blickte ihn an. Dann schaute er wieder nach vorn und sprach ohne jede Überleitung weiter: „Ich habe mir Videos vor dir angesehen. Glückwunsch! Du bist beim PSV, das ist eine reale Perspektive. Ich habe aber auch mitgekriegt, dass Euphemian verhaftet wurde. Jeder, der hier in Miami mit Fußball zu tun hat, weiß, was vor sich ging. Messi hat, als er in deinem Alter war, täglich Hormonspritzen bekommen, über Jahre. Er hat sehr harte Zeiten in Spanien durchgemacht. Man liest dauernd, dass er bei Barça mit Kusshand und einem auf einen Bierdeckel gekritzelten Vertrag begrüßt wurde, aber das ist Nonsens! Real und die anderen Vereine wollten ihn als Ausländer ausbooten. Er durfte keine Ligaspiele bestreiten, bekam ewig keine Spielerlaubnis vom spanischen Verband, und dann wurde er noch schwer verletzt, und ...", Alberto ließ das Lenkrad los und schnippte mit den Fingern beider Hände: „Nur Geduld. Bleib dran. Aufgeben gibt es nicht, Jago!"

Georg fiel auf, wie der Argentinier den Namen seines Neffen sagte. *Jago*. Er wollte das nicht, er empfand einen immer heftigeren Widerwillen gegen diesen Mann und Jagos anbiederndes Verhalten. Und dann war da wieder diese Stille, eine unnatürliche, viel zu bedeutungsvolle Stille zwischen den beiden.

„Hast du nicht gemeint, dass sein Vater Argentinier ist?", sagte Alberto zu Georg.

Wieder drehte er sich nach hinten: „Jago, dann bist du ein halber Argentinier? Lo mejor que te puede pasar!" *Das Beste, was dir passieren kann!*

Georg reichte Jago seine Hand, aber sein Neffe klatschte mit Alberto ab. – Erkannte sein Neffe nicht, dass diese Typ ein Schwätzer war?!

Sie waren auf dem Biscayne Boulevard, fuhren kurz darauf am Meer entlang. Georg prägte sich die Namen der Abfahrten ein – Aventura, Pembroke Pines, Dania Beach – und er ließ Google Maps offen. Die hellen Lichter, die Palmen, ihre verwirrenden Schatten, zwei Frauen mit Jeans und Bikini-Tops auf schweren Motorrädern – das alles war ihm an diesem Abend zu viel. *Too much*. Wie in einem Videospiel. Er stieß das Papier, in dem Albertos Sandwich eingepackt war, mit dem Fuß zur Seite und kontrollierte, ob er genug Bargeld und seine Kreditkarten dabeihatte, damit sie mit einem Taxi zurück zum Hotel kamen. Er kontrollierte auch, ob sein Handy ausreichend geladen war, las die Textnachricht, mit der Isa ihm geantwortet hatte; sie glich seiner fast aufs Wort …
Die unerklärliche Stille, die trotz Albertos Geschwafel über weite Teile der Autofahrt geherrscht hatte, verlor sich endlich. Georg beobachtete den Argentinier aus den Augenwinkeln: Das war kein Mann mit schlechten Absichten, dachte er, ganz offensichtlich, aber er redete wie ein Wasserfall. Ein Mann mit Charme, der nach Aufmerksamkeit und Bedeutung gierte.

Alberto sprach von Glück, von Zufall, immer wieder von Rosario (woher er stammte). Schwadronierte von Begegnungen und von Gelegenheiten, die man als Fußballer brauchte. Von Mentoren, Förderern, Kontakten, guten Trainern, die an einen glaubten. Er redete wirr und immer schneller. Erzählte schließlich, wie viele Profis depressiv wurden. Und dass Messi alle und jeden mit seinem „außerirdischen" Talent überstrahlte.

„Dass Leo überhaupt auf die Idee kommt, zu so einem Platz wie dem in Mondelleza zu fahren, sagt alles. Rodrigo ist öfter dort. Da spielen ein paar Kolumbianer, auch zwei Ex-Profis aus der zweiten kolumbianischen Liga. Aber die allermeisten sind Argentinier. Wusstet ihr, dass alle Spieler von Inter Miami Spanisch-Muttersprachler sind? Egal. Da in Mondelezza spielen sie auf sehr gutem Niveau. Und weil da auch ein paar Typen aus Rosario sind, ist es vielleicht für die beiden Brüder so wie früher, so wie damals, als sie Kinder waren. Nicht, dass Messi dort gespielt hätte, natürlich nicht. Aber dieser Platz, der hat das gewisse Etwas", Alberto nahm die Hände schon wieder vom Steuer und rieb seine Daumen über Zeige- und Mittelfinger. „Etwas, das ihn an seine Wurzeln, seine Herkunft erinnert. An die Quelle, aus der er beständig schöpft, bis jetzt. Fußball ohne Gedanken. Pures Glück.

Wie sehr es ihn schmerzen muss, dass es vorbei geht, dass er in Miami ist."
„Hört sich unwahrscheinlich an", erwiderte Jago. „Das würde sich rumsprechen. Jemand würde etwas posten. Da würden Tausende kommen, innerhalb von Minuten."
„Nicht in Miami", antwortete Alberto amüsiert. „Miami ist anders. Hier dauert so was eine halbe Stunde. Wenn wir Glück haben, begegnen wir Messis Bruder. Wenn wir riesiges Glück haben: Messi. Warum nicht. - Jago, wie alt bist du?", Alberto starrte in den Rückspiegel und wartete auf Antwort, so als wollte er Jagos ungeteilte Aufmerksamkeit zurückgewinnen. Und dabei schaute Georg die Nase des Mannes an, die Lippen, die Augen, die Wangen, die Haare, dann drehte er sich um und schaute Jago ins Gesicht. Im selben Moment wurde er nach vorn geworfen und in den Gurt geschleudert ... Georg hörte Alberto fluchen, dann sah er, wie sich der Argentinier nach draußen lehnte, mit dem Arm herumfuchtelte und den Fahrer eines Lieferwagens wegen der Vollbremsung verfluchte.

„Ich habe immer gedacht, dass Messi sich verändert, dass etwas bei Barça oder in Paris passiert, etwas, das ihn nochmal auf eine andere Art und Weise *komplett* macht. Wisst ihr, was ich meine? Als er wegen Steuerhinterziehung verurteilt wurde, oder später, 2021, als er zu PSG wechselte, fortging aus *seinem* Barcelona, der Stadt, die ihm alles gegeben hat, was er als Fußballer brauchte, da bin ich nochmal neugierig geworden, habe etwas erwartet ... Und? Gar nichts geschah! Und jetzt ist er hier. Endstation. Er wird nicht fett, er dreht nicht durch, er bleibt, wie er ist. Er ist nicht wie Maradona – geheiligt sei sein Name! Diego war ein Genie und wurde ein Heiliger, und dann ein Aussätziger, er ist groß abgestürzt, groß wiedergekommen, hat dreißig Kilo zugelegt und dreißig Kilo abgenommen. Da war die Sache mit Cristina Sinagra. – Könnt ihr euch das bei Leo und Antonella vorstellen?" Er lachte. „Dass er uneheliche Kinder hat? Oder dass er sich den Magen verkleinern lässt? Oder kokst? Diego konnte man lieben und hassen. Leo kann man mögen, man kann ihn bewundern .... Wenn die WM in Katar nicht gewesen wäre, dann, ja, dann. Aber *ihr* könnt das eh nicht verstehen. Das ist unvorstellbar für euch Deutsche. Kein Europäer begreift die Heiligenverehrung in Argentinien. Bei uns wartete man jahrelang auf Maradonas Nachfolger. Wir *warteten* wie auf einen Messias. Auf jemanden, den wir genauso lieben und bewundern konnten wie Diego Armando. Argentinien bekam Messi."

# 31

Ein Fußballplatz am Meer, neben einem riesenhaften Parkplatz. Begrenzt von Palmen und einem hohen Maschendrahtzaun, hell erleuchtet von Flutlicht. Das Rauschen der Wellen. Dort parkte Alberto und sie stiegen aus. In einiger Entfernung stiegen Rauchschwaden von ein paar Ständen auf. Wahrscheinlich grillten sie Maiskolben, Fisch oder Steaks, dachte Georg. Undeutlich erkannte er Männer und Frauen, die sich wie auf einem Markt bewegten.
Alberto wurde von den Spielern begrüßt, die sich neben dem Platz warm machten oder umzogen. Und Georg sah auch, dass Alberto abgelenkt war – er schaute ständig nach Jago.

Georg verstand, was Alberto gemeint hatte: Dieses Spielfeld war fantastisch, ja, magisch. Und er registrierte auch Jagos Reaktion, der seinen Blick nicht vom Feld und den Spielern abwandte. Einem alten Mann der neben dem Zaun stand, um zuzuschauen, schüttelte Alberto die Hand. – Georg konnte sich nicht vorstellen, dass irgendeiner der Anwesenden auch nur im Entferntesten daran glaubte, dass hier jemand aus Messis Umfeld aufkreuzen könnte.

Der Argentinier stellte Georgs Neffen wortreich vor, legte einen Arm um ihn, erwähnte PSV, so als wäre er Jagos Berater. Georg fühlte wieder, dass ihm das einen Stich versetzte, dass es ihn zornig machte. Aber im nächsten Moment wurde Georg herangewinkt, und Alberto stellte ihn den beiden Kolumbianern vor. Es wunderte ihn, wie schnell Alberto Schuhe und Hosen für Jago und ihn organisierte. Und mit wie vielen Komplimenten er sie überhäufte.

Georg lockerte seine Muskulatur und lief sich warm. Die Luft war weich, hin und wieder wehte der Geruch von gebratenem Fleisch herüber. Nach kurzer Besprechung wurden drei Mannschaften gebildet. Alle Anwesenden schienen sich seit Langem zu kennen. Gespielt wurden zwei Mal fünfzehn Minuten auf Großfeld. Die Mannschaft, die am schlechtesten abschnitt, schied aus. Die beiden anderen spielten das Finale.

Jago und Georg bekamen schwarze Trikots. Als klar wurde, was Jago konnte, wurde er ins offensive Mittelfeld gestellt, auf die *Falsche Neun*. Georg sah vom Spielfeldrand, mit welcher Härte, welcher Gewandtheit und welchem Tempo hier gespielt wurde. Die beiden Ex-Profis aus Kolumbien stachen heraus. Jago brillierte trotz seiner körperlichen Unterlegenheit. Georg beobachtete, wie Jago im Spiel aufging. Wie immer wich er Zweikämpfen aus, tunnelte seine Gegner, dribbelte sie aus, spielte Pässe und öffnete Räume. So setzte er die anderen in Szene. Georg sah, wie sich die anderen Spieler bedankten oder sogar klatschten, weil Jago Räume bespielte, die niemand sonst gesehen hatte. – Wie selbstbewusst Jago spielte! Wie befreit er zu sein schien! Jago entschied das erste Match mit einem Assist und einem eigenen Tor. Und er entschied auch das zweite, indem er das zwei zu eins schoss.

Als Georg eingewechselt wurde, und seine ersten drei, vier Ballkontakte hinter sich hatte, spürte er, wie alle Anspannung von ihm abfiel. Er hatte in den letzten Monaten vergessen, wie froh es ihn machte, selbst auf dem Platz zu stehen. Und so bemerkte er erst kurz vor dem Abpfiff, dass Alberto nicht mehr zu sehen war. Einer der Wechsler kam kurz darauf auf Georg zu und richtete ihm aus, dass Alberto losgefahren sei, um etwas zu essen zu holen. Georg schaute nach dem BMW, sah ihn aber nicht und scherzte mit dem Mann: War Alberto rübergefahren zu den Ständen? Zweihundert Meter weit? Die beiden lachten.

## 32

Auch das Finale ging an ihre, an die schwarze Mannschaft. Diesmal legte Georg den Ball für Jago auf, der mit dem Außenrist vom Elfmeterpunkt abzog und in den Winkel traf.

Auch nach diesem Spiel wurde Jago angesprochen und ausgefragt, wie immer, wenn er außerhalb

von PSV spielte. Er sollte von der Akademie berichten, vom Ligabetrieb. Und von Perišić. Lief er dem manchmal über den Weg? Was für ein Auto fuhr der Kroate? Und was für ein Auto fuhr er – Jago? Alle lachten. Georg sah, dass sein Neffe Albertos Abwesenheit registriert hatte. Wie es ihm damit ging, konnte er nicht erkennen. Als sich alle umzogen, stellte sich Jago dicht neben Georg. Das hatte er lange nicht getan. Georg spürte die Hitze, die von Jagos Körper nach der Anstrengung ausging und die seine Muskeln abstrahlten. Einer der Mitspieler klopfte ihm im Vorbeigehen anerkennend auf die Schulter:
„¡Pulga nueva! ¡Sos increíble! Sigue adelante. ¡Muéstrales! ¡Andá hasta el final!"
*Neuer Floh! Du bist der Wahnsinn! Bleib dran. Zeig´s ihnen! Geh den ganzen Weg! Zieh es durch!*
Jago senkte den Kopf, schaute auf seine Füße. Dann blickte er sich wieder um, schaute zu den Ständen und zu den geparkten Autos. Das BMW Cabrio war nirgends zu sehen.

Georg legte den Arm um seine Schultern und lobte ihn für das Spiel und die großartigen Tore. Aber Jago nickte nur und bedankte sich. Sein Blick war leer. Ein kindlicher Ausdruck war zurück in seinen Augen, den Georg so lange nicht gesehen hatte. Für einen kurzen Moment fassten sie sich bei den Händen – so wie sie es immer getan hatten, und drückten sie. Jago atmete tief durch und ging zurück auf den Fußballplatz.

Anstatt den anderen, die sie so gastfreundlich aufgenommen hatten, zu folgen und zu den Grillständen hinüberzugehen, blieben die beiden Deutschen auf dem Platz.

Sie standen dreißig Meter voneinander entfernt und begannen, sich den Ball zuzuspielen. Jago schoss und Georg fühlte, wie der Ball auf seinen Fuß traf und wie er ihn bewegen musste, damit der Ball nicht versprang. Er ließ ihn einmal aufprallen, dann schoss er den Ball zurück zu Jago, der ihn aus der Luft pflückte, nicht auf den Boden springen ließ, sondern direkt zu Georg zurückflankte. Direkt in den Fuß.

Wie oft hatte Georg das mit seinem Neffen in Berlin gemacht. Damals – noch vor Hertha, als er bei Empor war – ging Jago nur drei Mal pro Woche zum Training, und an jedem freien Nachmittag musste Georg mit ihm bolzen. Er hatte es auch selbst geliebt, den Druck auf dem Fuß zu spüren, wenn er den Ball annahm, und ihn so genau wie möglich zurückzuspielen. Annehmen. Passen. Hin und her. Selbstverloren, glücklich. Woanders zu sein als auf einem Fußballplatz, mit Jago und mit einem Ball – das hatte er selbst vergessen – war nicht sinnvoll, war kein Leben.

Ein paar Männer, die mit Bierflaschen in der Hand zum Platz zurückgekehrt waren, schauten ihnen zu. Als Jago den Ball aus der Luft annahm und ihn aus dreißig Metern Georg genau auf den Fuß zurückspielte, stellte einer sein Getränk ab und applaudierte, und als Georg das hörte und seinen Neffen ansah, fühlte er, was er all die Jahre, sein Leben lang gefühlt hatte, was er sein Leben lang nicht verstanden hatte. Er war glücklich und erfüllt – hier und jetzt. Auf dem Platz mit Jago. Er empfand Zugehörigkeit und Verbundenheit, und zugleich fühlte er sich total verloren. Die Freude brachte jede Faser seines Körpers zum Vibrieren, und zugleich senkte sich eine abgrundtiefe Melancholie und Einsamkeit über ihn. – Es sollte nie mehr aufhören, DAS sollte niemals enden, er wollte diesen Platz nie mehr verlassen, er wollte nie mehr aufhören, mit Jago, seinem Neffen, seinem Lebensmenschen, seinem Ein und Alles, den Ball hin und her zu flanken. Er wünschte, dass die Zeit stehen blieb. Sie musste stehen bleiben. – An Alberto oder Euphemian, an Angeles und Guatemala würde er nie wieder einen Gedanken verschwenden. Aber er hatte Angst, diesen Platz zu verlassen, Miami zu verlassen, Angst, dass es vorbei war. Angst vor Jagos Weg, vor dem, wohin Jago als Nächstes gehen wollte. Es war kurz vor null Uhr.

# Sonntag

## 33

Die Autos fuhren langsam über den riesigen Parkplatz, fuhren eine langgezogene Kurve, vielleicht, um kurz an den Grillständen vorbeizuschauen. Georg sah das BMW-Cabrio. Hinter Alberto fuhren ein silberner Mercedes-Geländewagen und zwei andere Autos. Sie hielten neben dem Platz. Alberto stieg aus, und ohne den beiden Deutschen die geringste Beachtung zu schenken, lief er sofort zur Fahrerseite des Mercedes-Benz. Er hatte eine irgendwie unterwürfige Haltung eingenommen; das war nicht zu übersehen. In der Ferne sah Georg, wie sich etliche Leute von den Ständen auf sie zu bewegten, aber sie waren noch weit entfernt. Die drei Männer mit den Bierflaschen warteten ab. Georg hatte den Eindruck, dass sie erstarrten.

Alberto, der neben dem Geländewagen stand, winkte ihnen jetzt zu, aber Georg wusste, dass dieses Winken nur Jago galt. Dann hörte er Alberto etwas rufen: „¡Vení aquí!, ¡Vení rápido!“, dann auf Englisch: „Come on!“, er winkte Jago hektisch heran. Da war trotzdem auch wieder diese Stille, das Innehalten – Jago lief zu ihm wie ein Sohn zu seinem Vater. Das

Fenster auf der Fahrerseite war heruntergelassen. Mehr erkannte Georg nicht, weil Jago und Alberto direkt davor standen. Wie klein sein Neffe aussah neben dem großen Auto. Ihm fiel auch auf, dass Alberto und Jago dieselbe Statur hatten, klein und robust. Auch an der Körperhaltung seines Neffen erkannte er, dass irgendetwas Außergewöhnliches passiert sein musste, und als Georg näher kam, sah er das Gesicht des Fahrers und den Mann, der auf dem Beifahrersitz saß. Die Flutlichter schienen beiden Männern im Geländewagen genau ins Gesicht. Messi reichte zuerst Alberto die Hand, dann Jago, und lehnte sich zu ihm herüber.

„¿Vos sos de Rosario? ¿Jugás en el PSV? ¡Bienvenido a Miami!"

*Du bist aus Rosario? Spielst bei PSV? Willkommen in Miami!*

# Dank an

Katharina Wagner, Frank Willmann,
Helmut Kraus, Konstantin Richter,
Helge Pfannenschmidt,
Ilka Winkler, Theresa Meschede
und Leif Greinus.

Paula Fernández Gómez für die Übersetzung
ins Spanische.

**Bücher von Menschen,
die sich für Menschen interessieren,
für Menschen,
die sich für Menschen interessieren.**

Es gibt diesen einen Fußballer, der uns ein Leben lang begleitet. Irgendwann haben wir ihn das erste Mal spielen sehen, im Stadion oder im Fernsehen. Vielleicht haben wir Geschichten über ihn gehört. Vielleicht war es auch nur eine Geste, ein Spruch, der uns für ihn eingenommen hat. Von nun an bleiben wir am Ball. Wir orientieren uns an ihm, reiben uns an ihm, spiegeln uns in ihm. Wir sehen ihn gewinnen und verlieren. Vielleicht vergessen wir ihn manchmal für eine Weile. Aber wir behalten ihn immer im Blick — auch dann noch, wenn er nicht mehr auf dem Platz steht. Dabei ist er nicht unbedingt der beste oder bekannteste Fußballer. Aber das ist auch gar nicht wichtig. Denn er hat etwas, das viel wichtiger ist: Haltung. Temperament. Gewitztheit. Größe. Seinen Weg zu verfolgen, hilft uns, unseren eigenen Weg zu finden.
Die von Frank Willmann herausgegebene Reihe im Verlag Voland & Quist versammelt literarische, popkulturell aufgeladene Texte von und über Spielernaturen. Das kann ein Essay sein, eine Reportage, Fanfiction, eine Meditation, ein Memoir, ein Roman. Nur eines kann es nicht sein: erbsenzählender Sportjournalismus. Denn die Bände richten sich explizit nicht nur an Fußballfans — genauso wenig, wie die Autorinnen und Autoren selbst Fußballfans sein müssen.

Alle Bände haben jeweils ca. 100 Seiten, kosten 12 Euro und passen in eine Schiritrikottasche! Oder auf den E-Book-Reader.

**Weitere Ikonen aus der Reihe:**

Peter Wawerzinek
Streich, der Achim
88 S., Taschenbuch
ISBN 978-3-86391-426-4

Barbi Marković
Piksi-Buch
108 S., Taschenbuch
ISBN 978-3-86391-424-0

Michaela Maria Müller
Klinsmann. Ein Briefroman
96 S., Taschenbuch
ISBN 978-3-86391-427-1

Florian Weber
Maradona Mío
96 S., Taschenbuch
ISBN 978-3-86391-404-2

Veit Pätzug
Trautmann in Trümmern – eine Liebeserklärung
96 S., Taschenbuch
ISBN 978-3-86391-368-7

Andreas Merkel
Dziękuję Poldi! Eine buchlose Platzbegehung
104 S., Taschenbuch
ISBN 978-3-86391-369-4

Anne Hahn
Anne Hahn träumt Christian Beck
104 S., Taschenbuch
ISBN 978-3-86391-353-3

Jan Böttcher
Søren Lerby. Der Wohltäter
142 S., Taschenbuch
ISBN 978-3-86391-393-9

Christoph Dieckmann
Der Stern von Jena. Peter Ducke und ich
128 S., Taschenbuch
ISBN 978-3-86391-370-0

Ahne
Reinhard Lauck – Einer von uns
96 S., Taschenbuch
ISBN 978-3-86391-423-3